KB246092

천천히, 쬐끄만 행복

천천히, 쬐꼬만 행복

—

2025년 6월 20일 1판 1쇄 인쇄
2025년 6월 25일 1판 1쇄 발행

—

글·그림 욤이네
펴낸이 이상훈
펴낸곳 책밥
주소 11901 경기도 구리시 갈매중앙로 190 휴벨나인 A-6001호
전화 번호 031) 529-6707
팩스 번호 031) 571-6702
홈페이지 www.bookisbab.co.kr
등록 2007.1.31. 제313-2007-126호

—

기획 권경자
디자인 디자인허브

—

ISBN 979-11-93049-66-2(03810)
정가 16,800원

—

책밥은 (주)오렌지페이퍼의 출판 브랜드입니다.

천천히, 쪼꼬만 행복

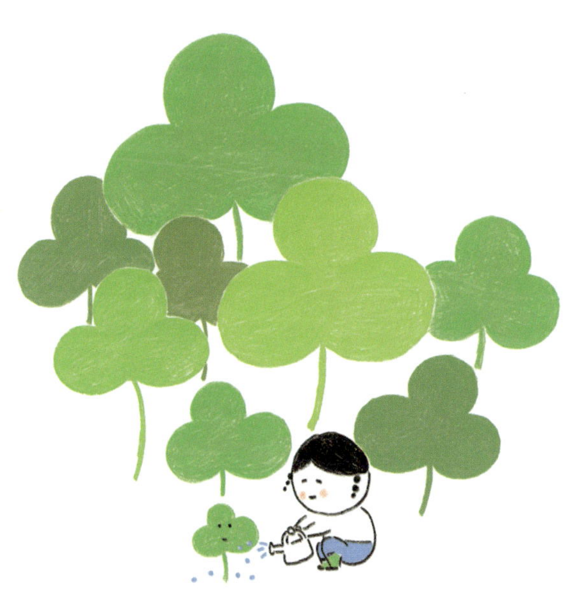

프롤로그

저는 늘 행복의 변두리에 살고 있다고 생각했습니다.

다른 사람들은 마냥 행복하기만 한데 제 행복만 가까워지려 하면 저만치 도망가는 것 같다고 말이죠. 그런 마음으로 하루하루를 살아가다 어릴 때부터 꿈꿔오던 물질적인 행복을 채웠던 적이 있어요. 분명 커다란 행복감이 있었지만 그건 정말 찰나였습니다. 한 번에 채워진 행복은 이후 더 큰 공허함만 남겨주었거든요. 그때부터 작은 행복에 집중하기 시작했습니다. 그저 주어진 일상을 조금 더 귀엽게 바라보려 하고, 소외된 작은 것들에 집중하며 '아— 이게 행복이지!' 하고 마음에 최면을 걸었습니다.

그렇게 작은 행복감을 느낄 때마다 그림을 그리고 글을 썼습니다.

저의 평범한 일상을 보고 함께 행복해하고 반응해주는 사람들이 늘어나면서 저도 응원을 받고, 제가 누군가의 행복을 바랐더니 되려 저에게 더 큰 행복감으로 돌아오는 경험을 하고 나니 어느새 단단한 행복으로 변해 있더라고요. 그때부터 '쬐꼬만 행복'이라는 주제에 집중했습니다. '작은'보다는 어쩐지 조금 배배 꼬인 느낌 '정말 정말 작은'의 느낌을 주고 싶어 사용했던 단어인데, 이것으로 이제는 이야기를 풀어내고 있다니 감회가 새롭습니다.

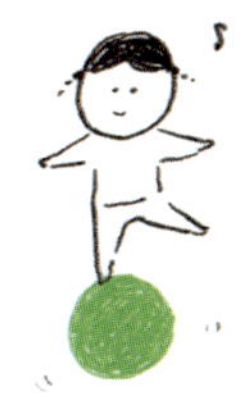

일상을 한 발자국씩 천천히 걸으며 생각했습니다.

발의 감각을 느끼며 천천히, 나에게 오고 가는 감정과 감각을 느끼며 천천히, 콧등에 스치는 바람, 피부로 스며드는 따사로운 햇빛, 시원하게 내리는 물줄기를 보며 나의 마음은 자연을 닮아 있구나, 앞으로도 자연스러운 사람으로 자연스럽게 살아가야지 하고 말입니다. 누군가에게는 사사로울 저의 하루가, 이런 실낱같은 행복이라도 필요한 누군가에게 닿아 마침내 초록 잎을 틔우기를 바라는 마음으로 매일 그림을 그리고 글을 쓰며 마음을 다독여봅니다. 때로는 햇살이 내리쬐기도, 바람이 불기도, 세찬 비가 내리기도 하는 저의 일상을 보며 위안을 얻을 수 있기를, 무심코 책 속 아무 페이지나 펼쳐 잠시라도 무거운 마음을 내려놓을 수 있기를 바랍니다.

그럼 모든 계절을 천천히 함께 걸어보아요!

욤이네 드림

차례

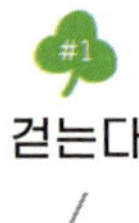

#1

걷는다
/
생각과 상상 속

#2

앉는다

/

사유와 마음

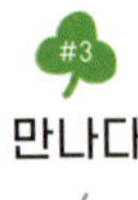

만나다

/

깨달음의 순간

인사하다

/

마주한 작은 행복

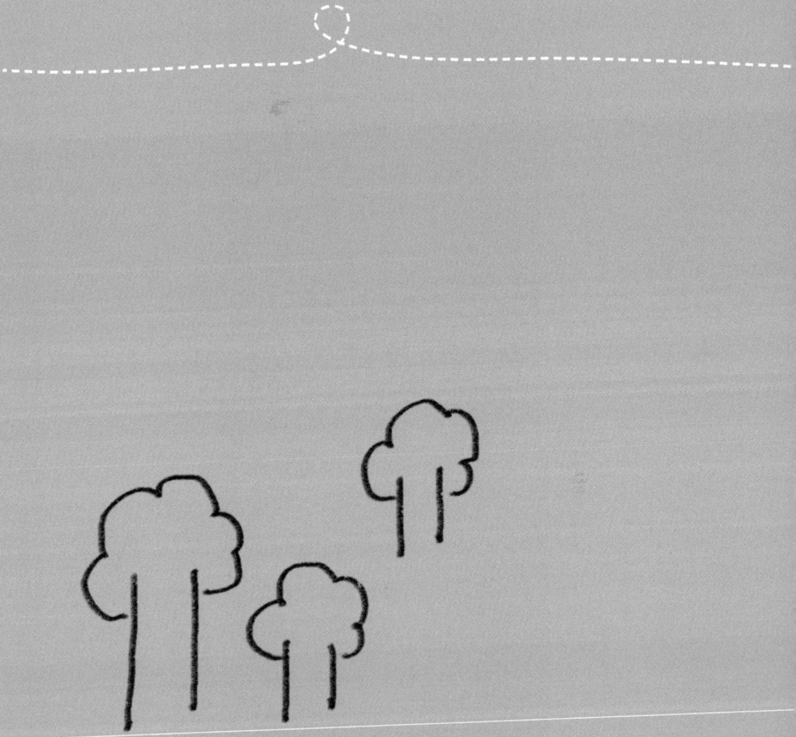

걷는다
- 생각과 상상 속

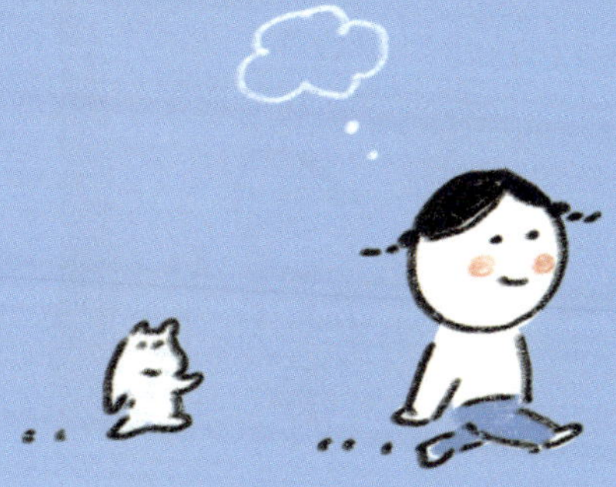

  햇살 충전을 합시다!

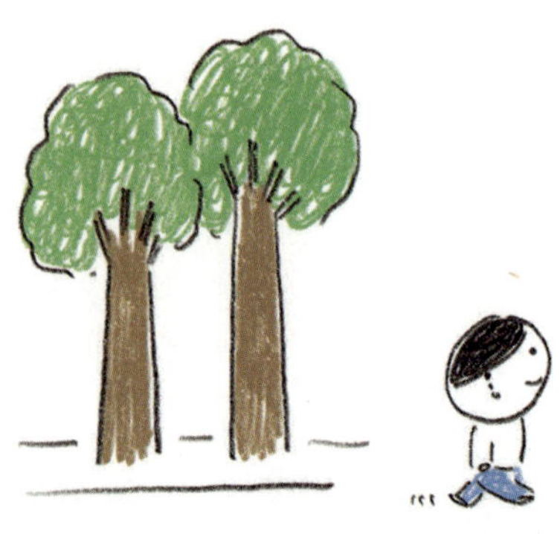

햇살이 좋은 날엔 일부러
목적지 두 정거장 전에 내려 걷는다.

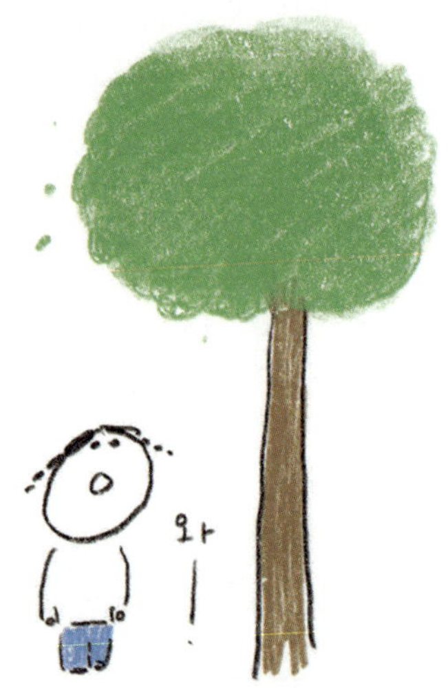

걷다가 멈춰 서서 하늘을 보면
투명한 연둣빛으로 빛이 난다.

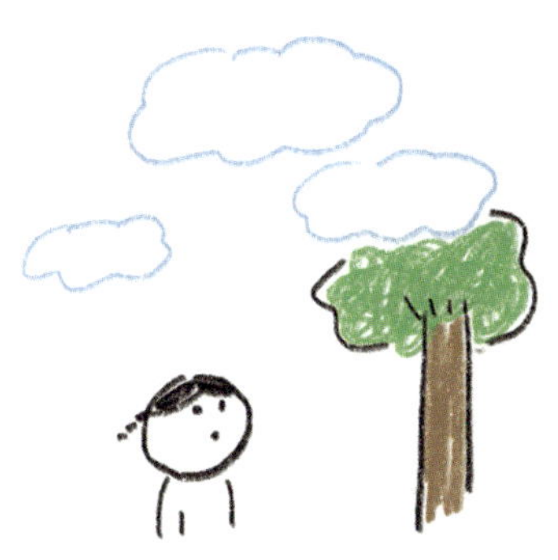

구름이 꼈을 때 보던 초록과는

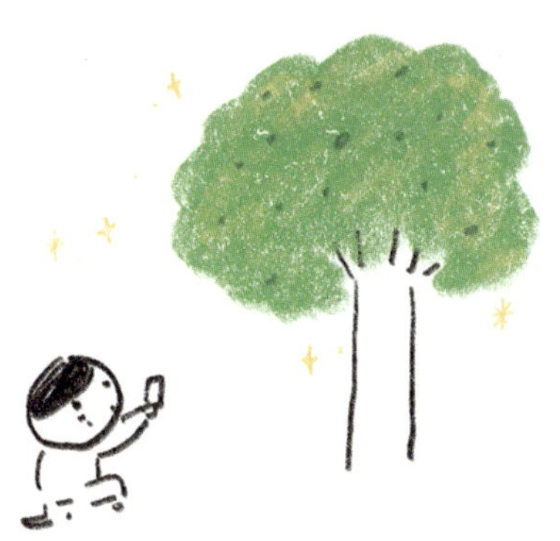

확연히 다른 초록, 어쩐지
더 반짝이는 것 같달까.

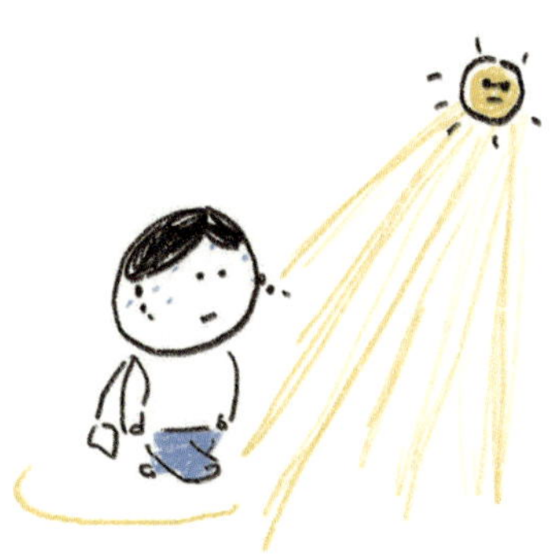

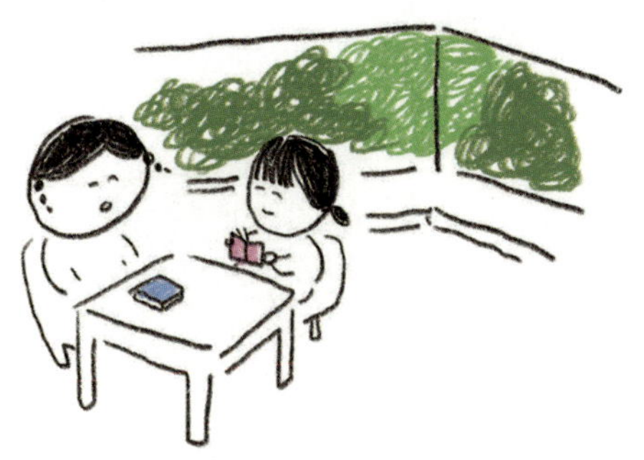

햇살 아래를 걸어 걸어,
사방이 온통 초록인 공간에서 친구를 만나
읽고 있던 책이야기를 나누었다.
평화롭고 온전한 행복의 시간.

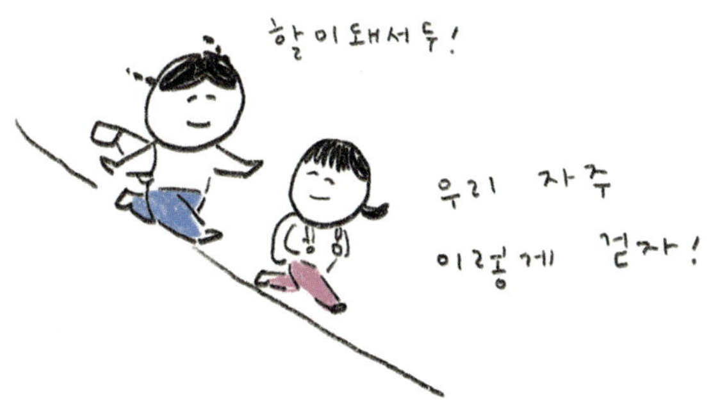

조금 시답잖은 약속을 꽤나 진지하게 나누며
여름을 찬찬히 걸어내려왔다.

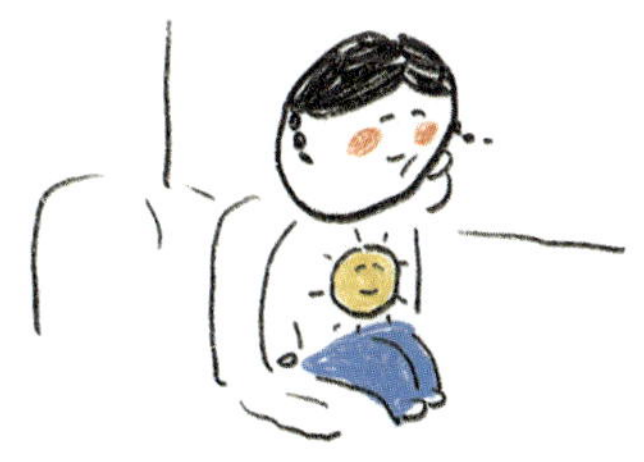

집으로 돌아가는 길,
마음속에 푸릇하고도 반짝이는
무언가가 가득 채워졌다고 생각했다.
햇살 충전 완료!

완두콩 같은 마음으로

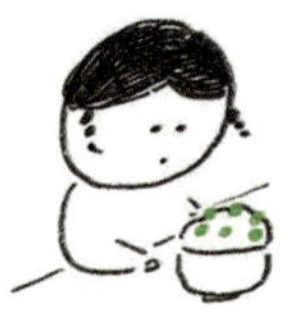

밥 위에 얹어진 완두콩

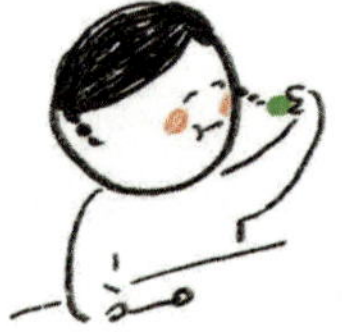

나는 둥그란 것들이 좋다.

고슬고슬 둥그란 주먹밥

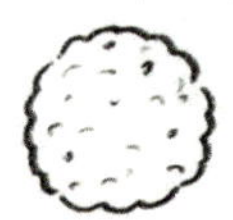

데굴데굴 완두콩

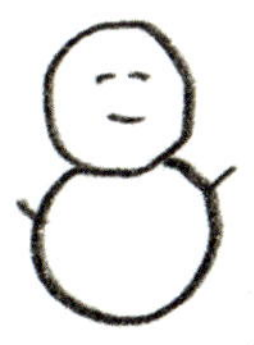

동글동글 눈사람

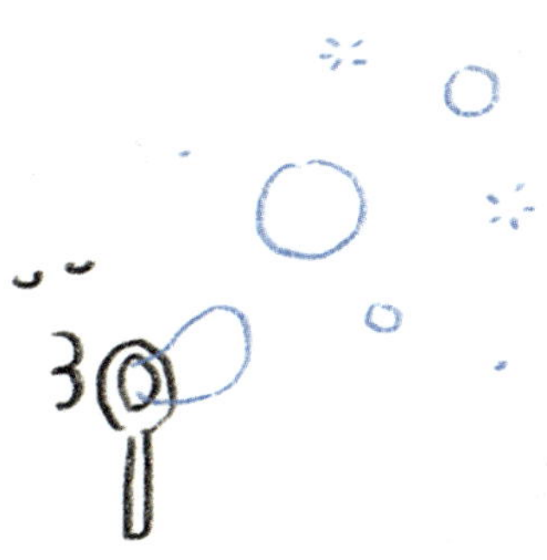

동그란 비눗방울들

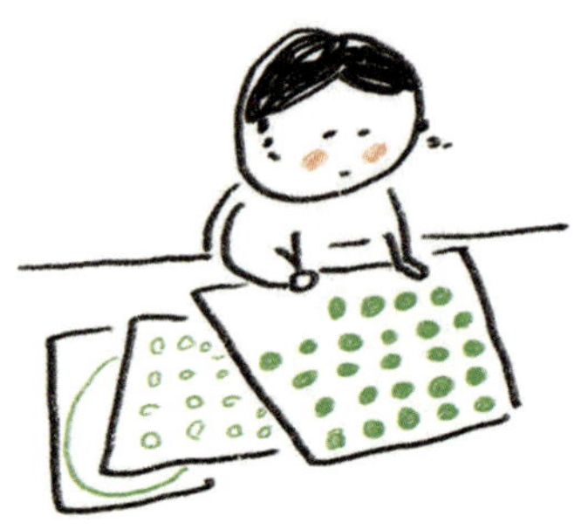

둥글게 둥글게
마음을 유영하는 것들

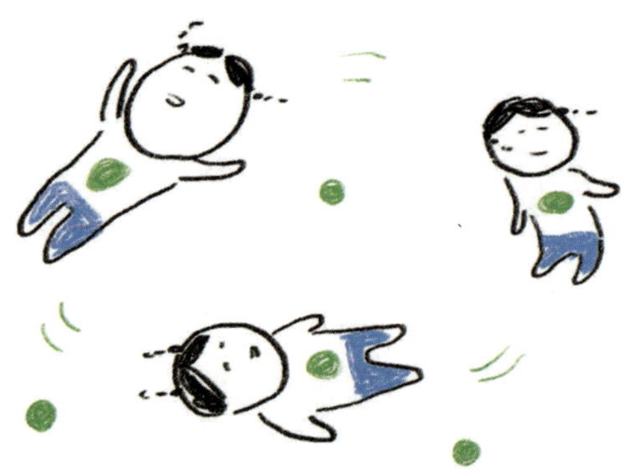

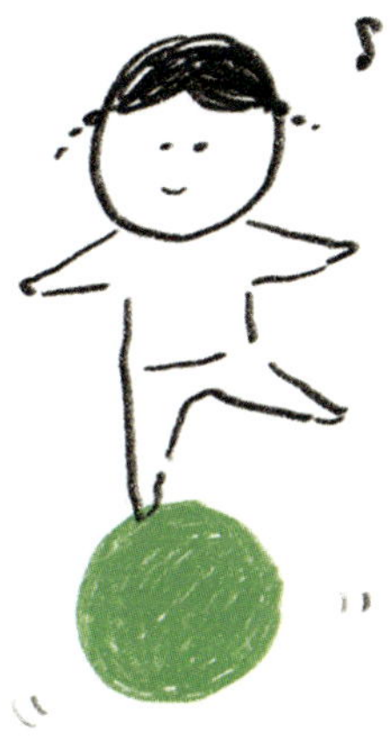

나에게 동그라미는 평정심.
오늘도 중심을 잡고 살아야지.
둥글둥글 완두콩 같은 마음으로

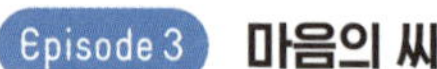

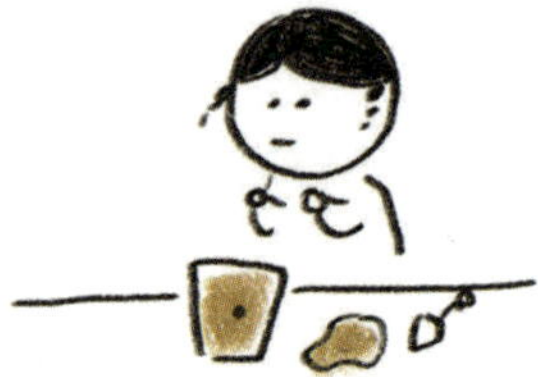

씨씨씨를 뿌리고

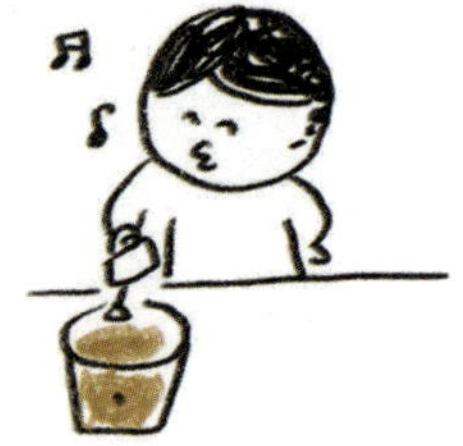

꼭꼭 물을 주었는데

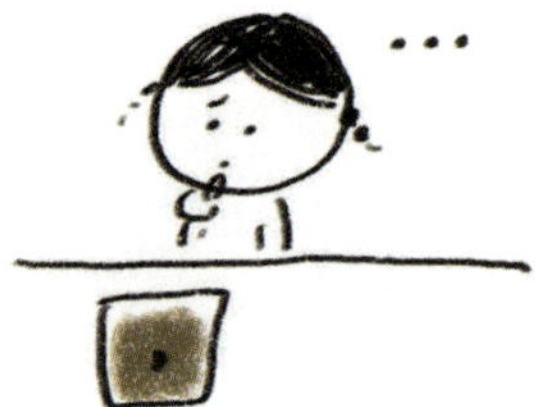

씨앗은 말이 없었다.

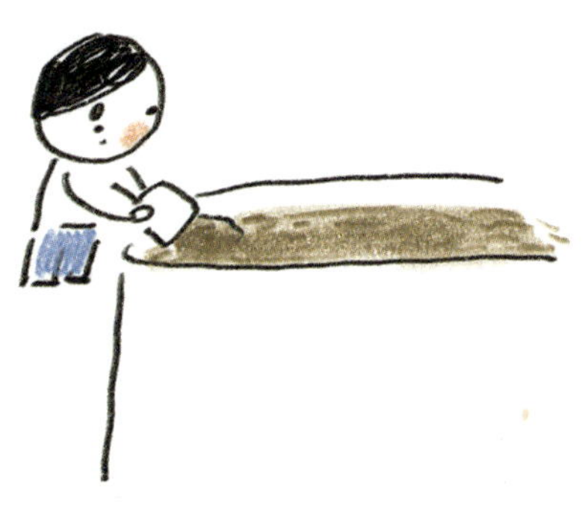

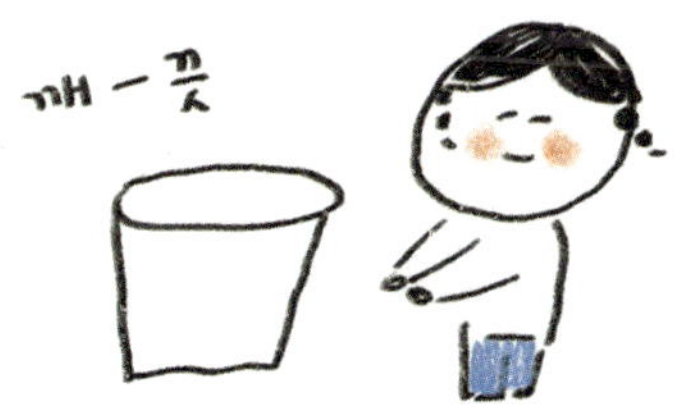

그럴 땐 비우면 된다. 비우면
혼자 썩어버리는 씨앗도 있는 법.

걱정 도둑 캔디

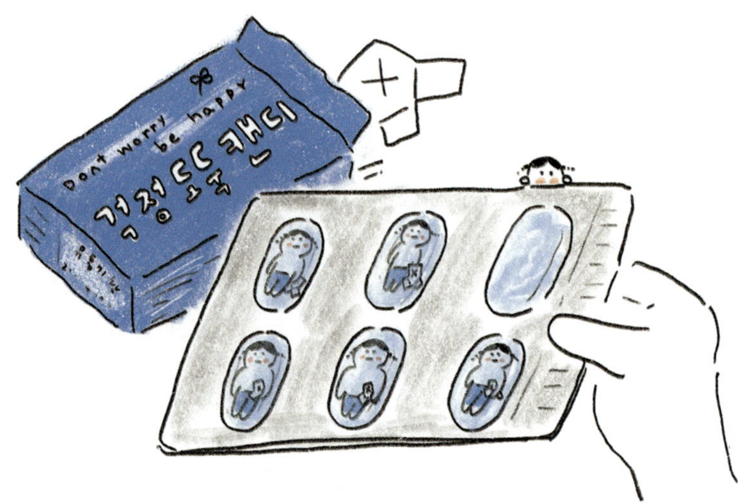

걱정이 많은 날엔 작은 알약 하나로
걱정이 잠잠해지길 바란다.

쓸데없이 자라나는 걱정은
좀처럼 가라앉을 새 없이
점점 단단하게 뭉친다.

그럴 때는 걱정 도둑 캔디 하나
탁 털어 넣고 걱정이 멈췄으면 좋겠다.

걱정 없이 행복하길.

창문 사이로 구름이 들어와

초여름 아침, 창문을 활짝 열어두고
물에 젖은 머리를 바닥에 펼쳐 널어본다.
그러고는 아침이라 차갑게 식어있는
바닥에 벌러덩 드러눕는다.

눈을 감으면 코끝에 아침의 선선한 바람이 들어오고
언젠가 숲 속에서 여유롭게 바람을 맞던 때를 떠올려본다.
그러면 마음이 절로 평온해진다.
살갗에 닿는 바람이 마치 몽실몽실 구름처럼 느껴진다.

창문 사이로 구름이 들어와
어느덧 편안해지는 마음.

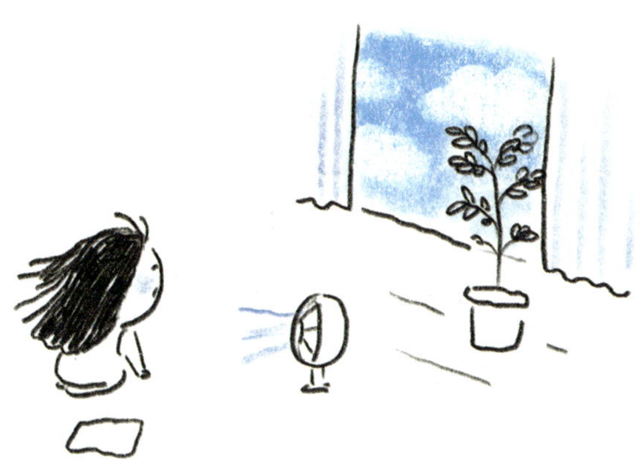

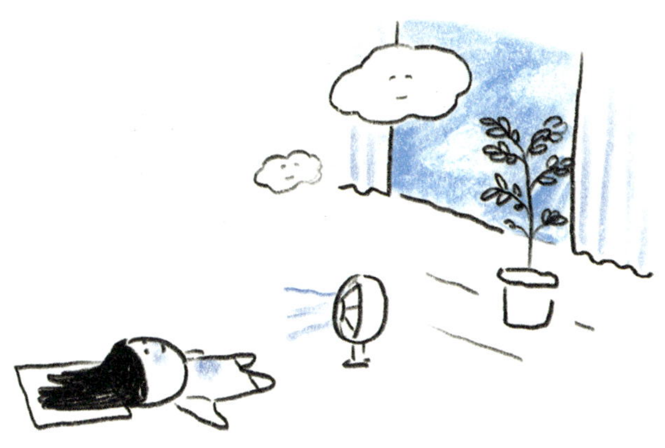

 행복오뎅탕

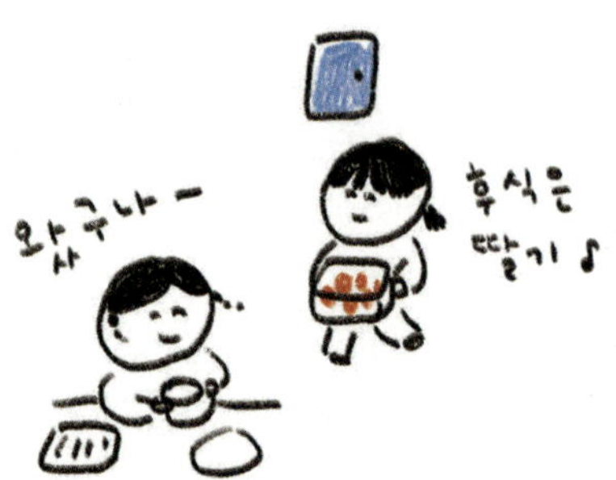

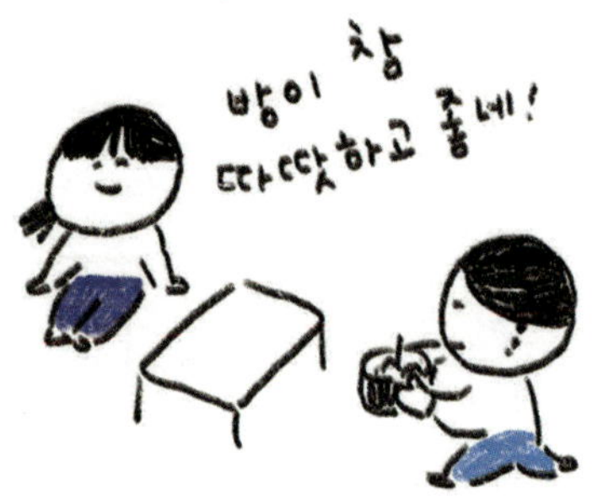

오랜만에 집에 친구를 초대한 날.

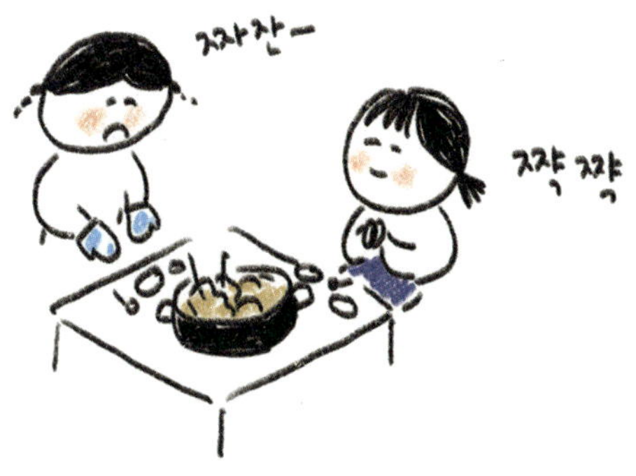

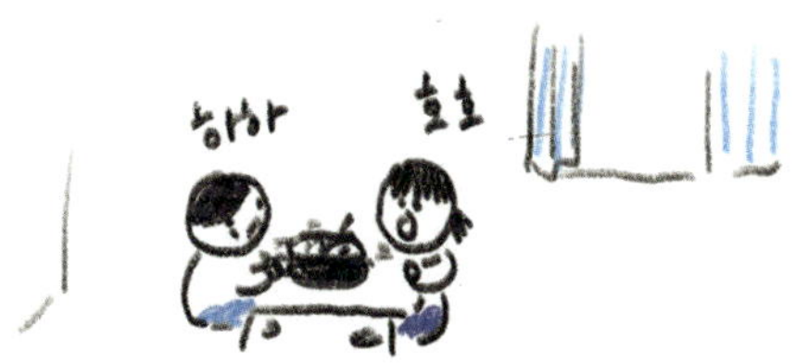

오뎅탕뿐이어도 하하호호
마냥 신나는 우리들

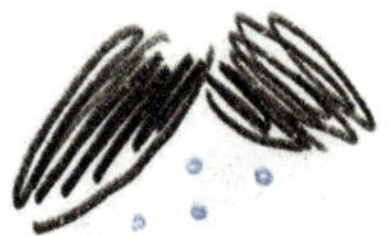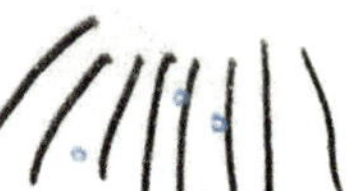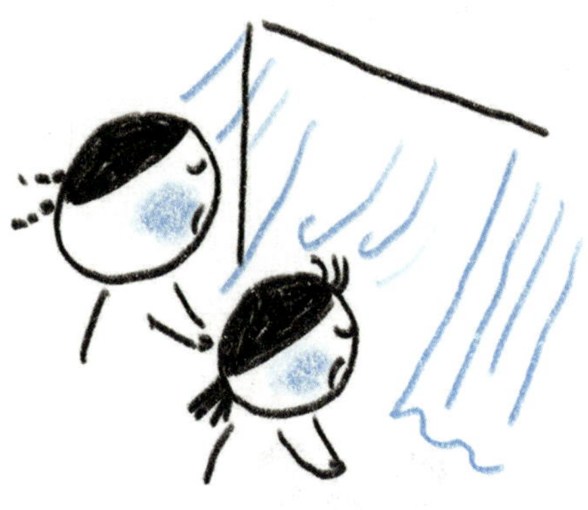

창문을 열어 이마에 송골송골 맺힌
땀방울을 식혀본다.

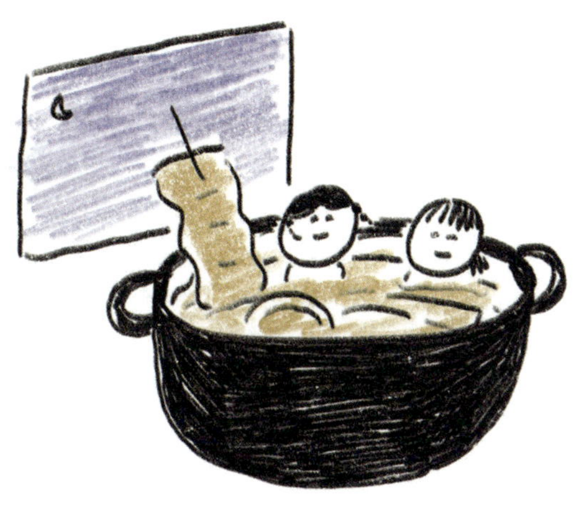

시원한 바람이 통하고, 몸은 뜨듯한 것이
꼭 노천탕을 닮았다고 생각했다.
언제든 행복한 오뎅탕.

우리 마음도 환기가 되었다!

Episode 7 그늘 채집을 해요

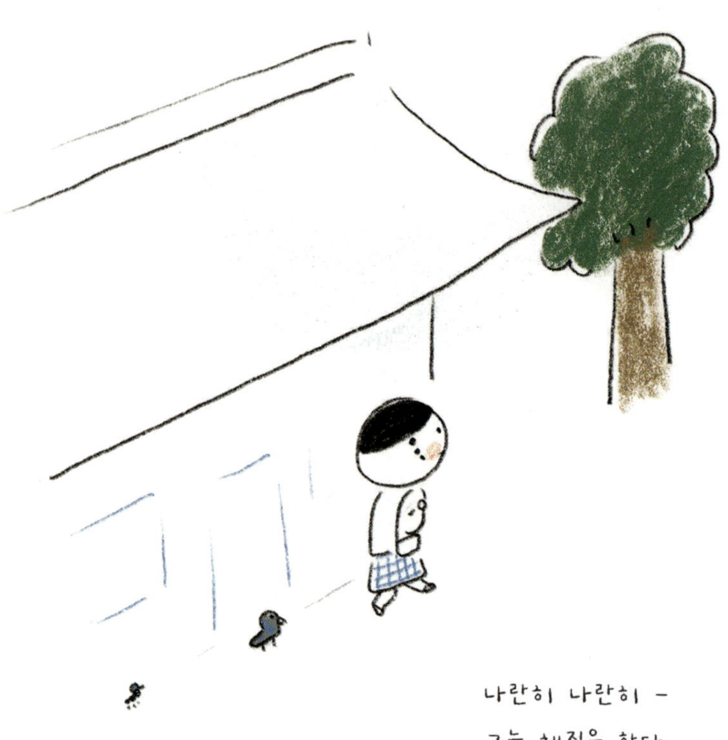

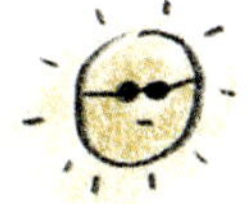

햇살을 찾아 헤매던 게 엊그제 같은데
이젠 그늘을 찾아 요리조리

길 위의 모든 존재들이
그늘 아래로 졸졸 모여드는
모양새가 재미있다.

햇살은 쨍하고,
처마 아래 그늘은 선선했다.

  욤생 세 컷 〈생각 실타래〉

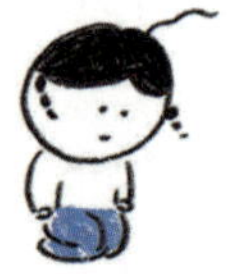

생각이 자라난다.

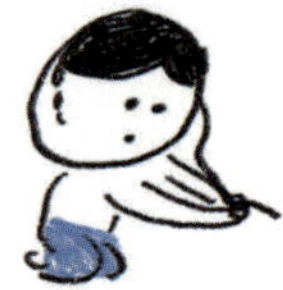

생각의 실타래는
끝도 없이
줄줄줄

생각은 자라고 자라
거대한 실뭉치가
되어버렸다.

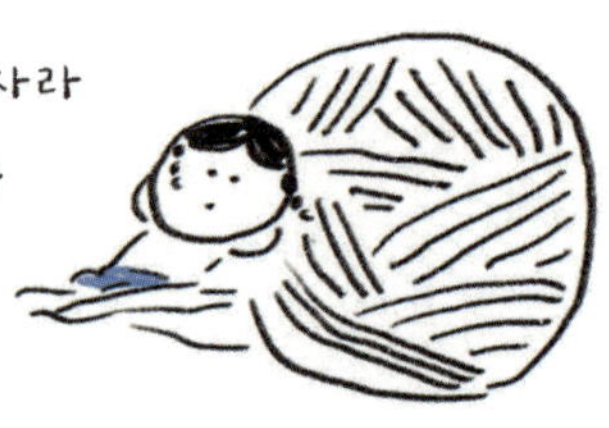

머릿속에 생각이 너무 많은 나는
마치 실타래처럼 끝도 없이 생각이 이어진다.
생각을 멈춰보려 해도 그때뿐,
생각은 끝도 없이 자라난다.

그렇게 자라난 생각뭉치들은
거대한 실뭉치 같기도 하다.
때로는 나를 짓누르기도 하지만,
또 때로는 누워서 쉴 수 있는
버팀목이 되기도 한다.

완벽한 산책의 맛

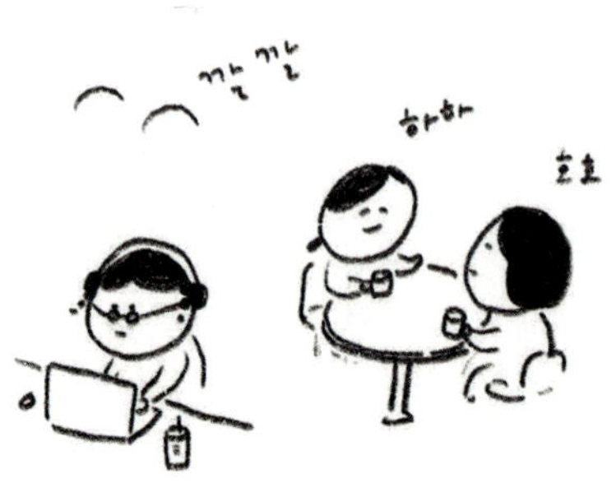

오전부터 작업을 삼십다섯마흔 개
처리하고 호다닥 산책길에 올랐다.

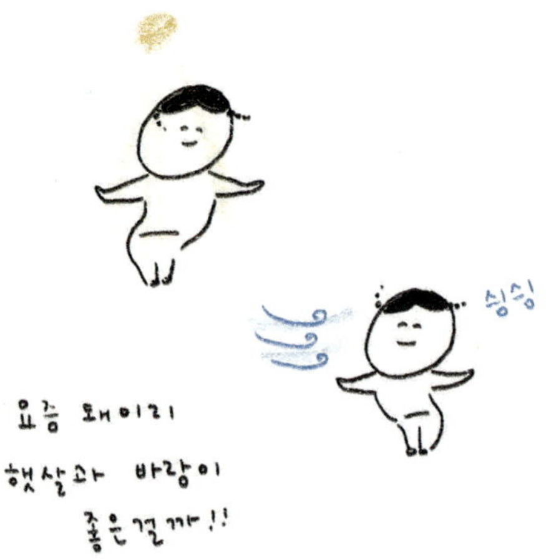

요즘 돼머리
햇살과 바람이
좋은걸까!!

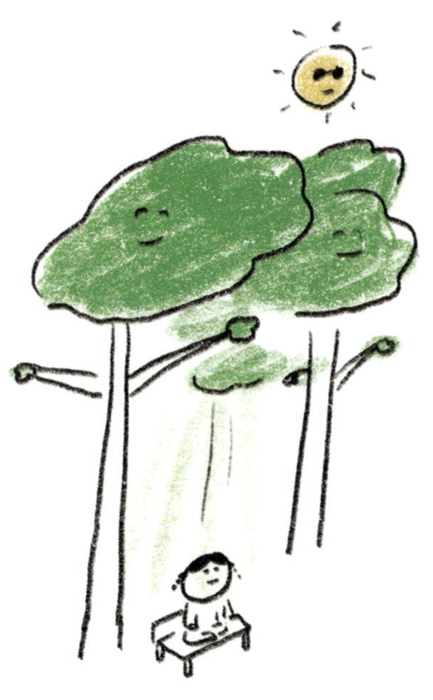

오늘은 엄청 키 큰 나무들 덕에
연두색 햇살을 맞았다.

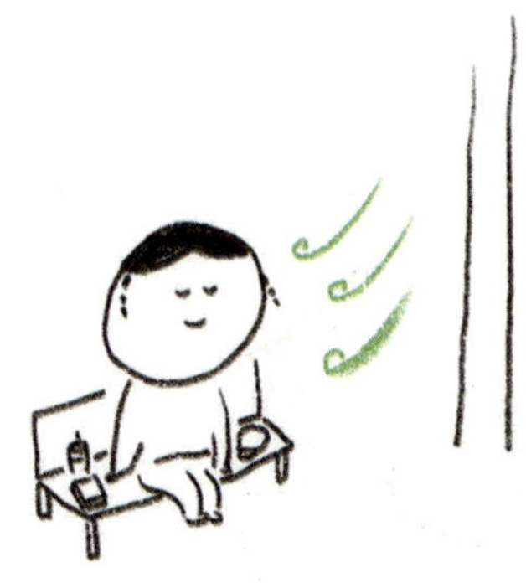

책을 읽을까 그림을 그릴까
잠깐 고민이 됐지만 시간이 흘러가게
두기로 했다. 시원하게 불어오는
녹색바람을 맞으며.

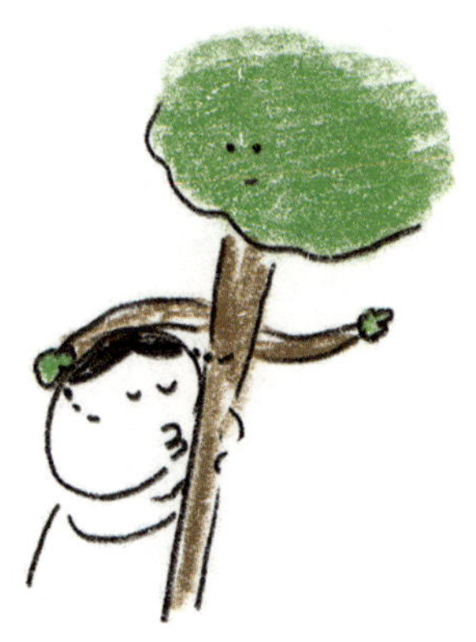

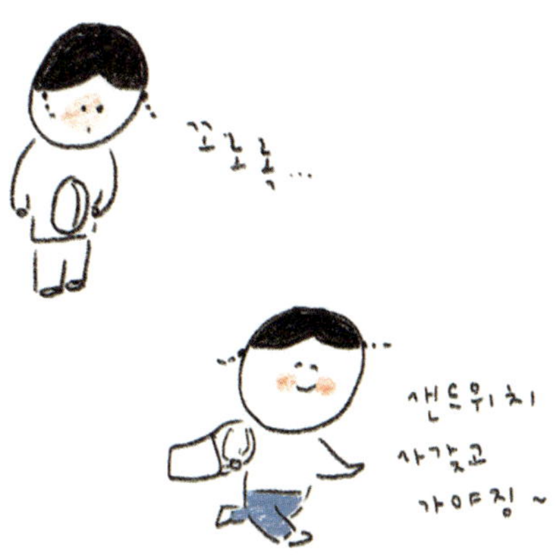

생각이 많이 비워졌다고 생각했는데
다른 것도 비워졌었나 보다.

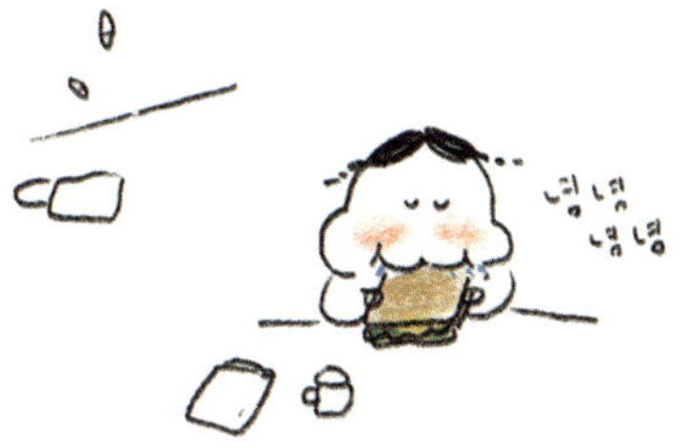

완벽한 산책의 맛!

  시원한 나무와 구름

초여름의 구름과 나무는 시원하다.
나무 아래 앉아 하늘을 올려다 보면
그렇게 시원할 수가 없다.

나무의 그림자 아래서는 선선한 바람이 분다.
송글송글 맺힌 땀방울을
가볍게 말려주는 나무의 바람

어쩌면 초여름의 시원함은
아이스크림을 닮았는지도 모르겠다.
쨍하고도 부드러운,
적당한 온도로
마음을 사르르 녹여주는,
먹어도 먹어도 먹고 싶은
그런 아이스크림.

시원한 아이스크림을 닮은
시원한 나무와 구름

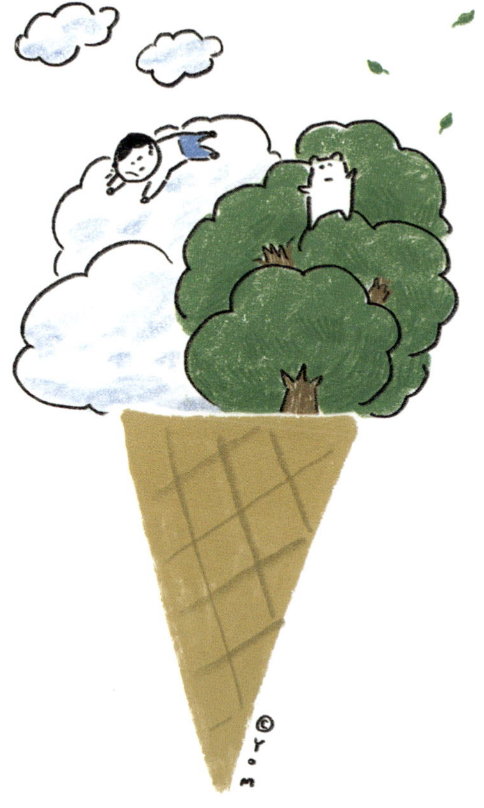

쬐꼬만 행복 세 컷 〈나의 작은 희망은〉

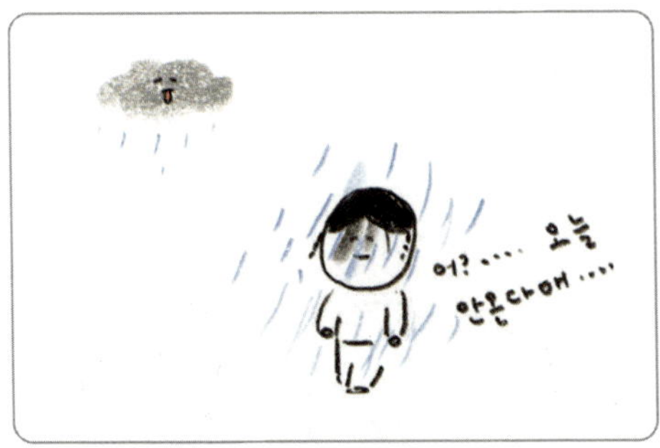

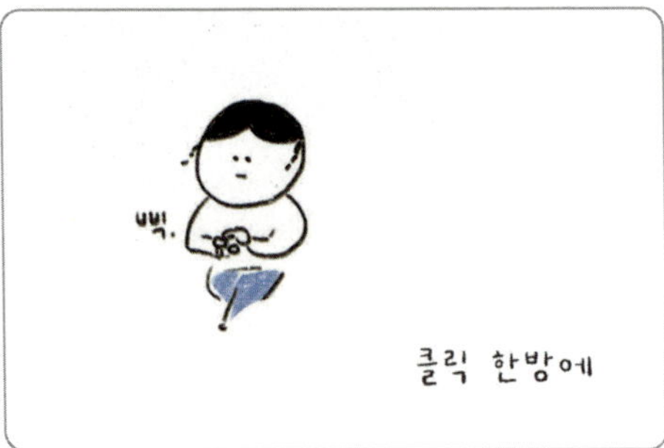

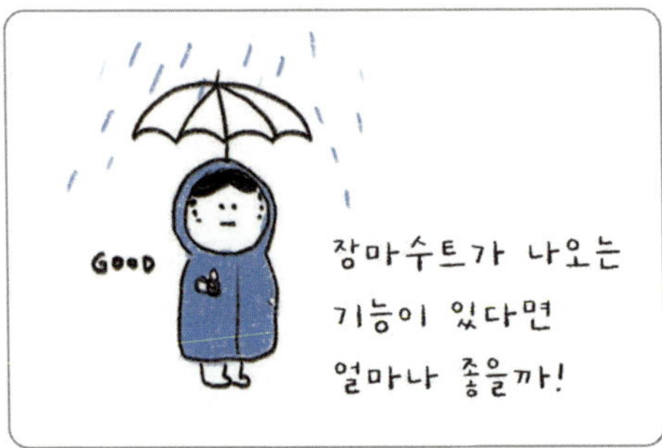

비오는 날을 그다지 좋아하지 않는다.
아침에 눈 뜨면서부터 느껴지는 축축한 기운,
어딘지 모르게 가라앉는 기분과 느낌.
기지개를 켜보아도 개운하지가 않다.

특히나 우산을 쓰는 번거로움과
빗방울이 제멋대로 불어올 때 축축하게 변하는 옷.
우비를 입어도 크게 달라지지 않는다.

이런저런 번거로움에 버튼 한 방 누르면 어디서든
장마수트가 뿅~ 하고 나오는 기능이 있다면 어떨까 하고
진지하게 생각했던 적이 있다.

어쩌면 버튼 한 방에
우중충하게 가라앉은 마음까지도
반~짝 괜찮아지게 해줄 수 있지 않을까 하는
작은 희망을 품고.

 생각의 구름

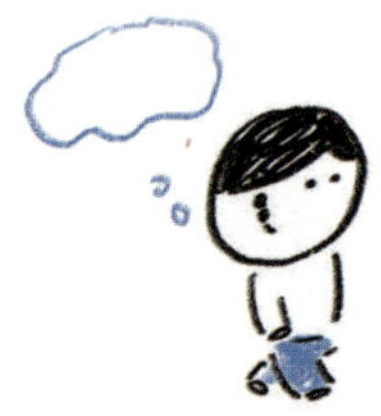

생각을 짊어지고 걷는다.

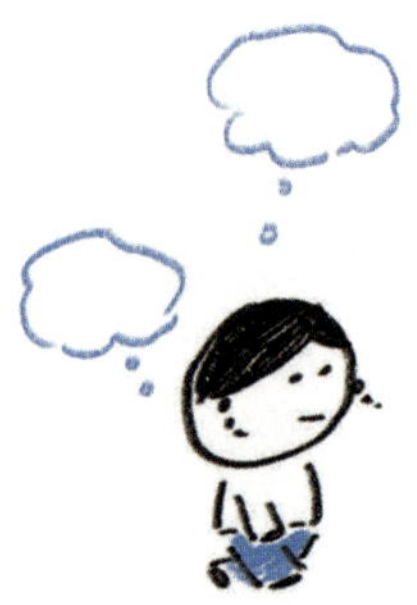

생각은 뭉게뭉게 자라나고

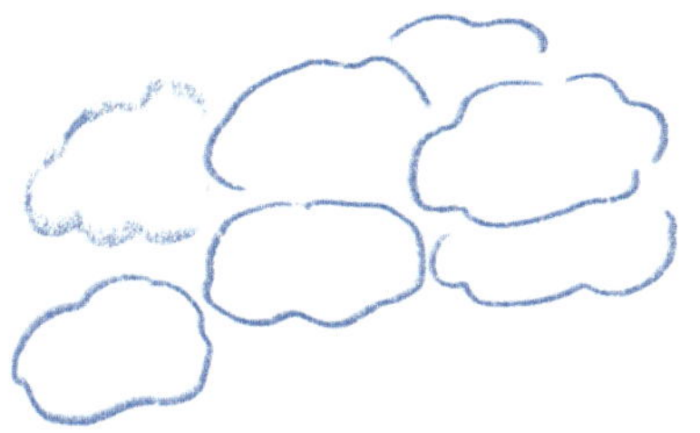

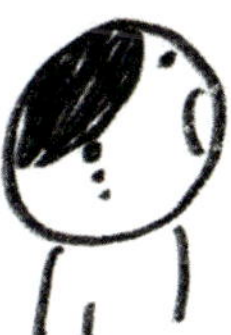

어느덧 하늘은 생각으로 가득 채워진다.

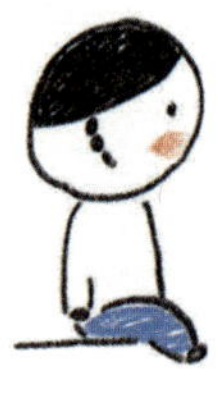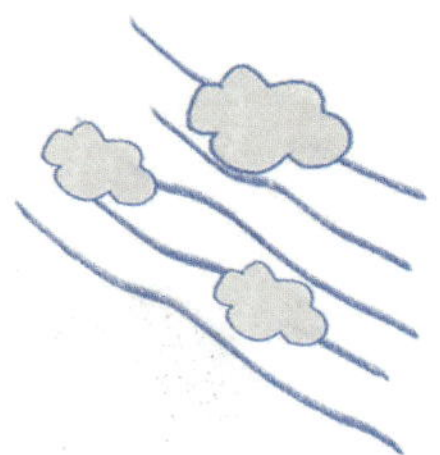

흐르는 물에 생각을 졸졸 흘려보내기도 한다.

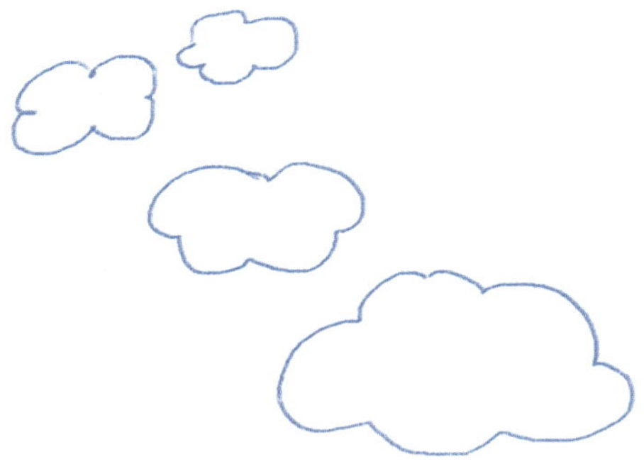

길 위에 생각을 내려두고
돌아가는 길은 발걸음이 가벼웁다.

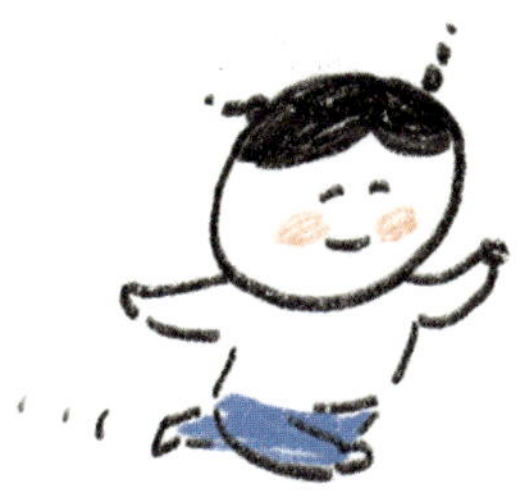

 꽃샘추위

겨울이 가면 봄이 온다.
봄이 도착했나 싶으면
아찔한 추위가 기다리고 있다.
이러지도 저러지도 못하는 마음에
정신을 번뜩 들게 해준다.

계절에서 계절로 넘어가는 일은
그리 호락호락하지 않다.

몸도 마음도 적응해야만 하는데
어떨 때는 그냥 외면하고 싶다.
계절과 날씨, 바람과 추위, 사람과 마음
어느 것 하나 마음대로 되는 것은 없고
모두 겪을 만큼 겪어야 제때가 온다.

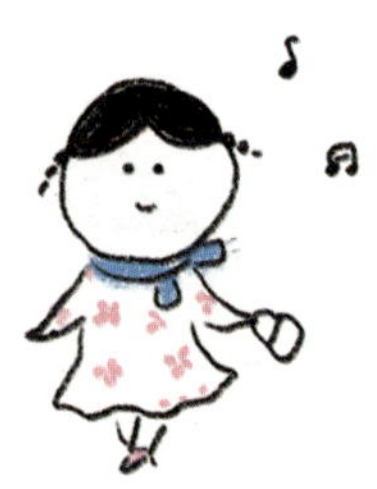

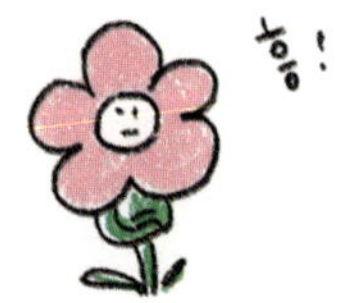

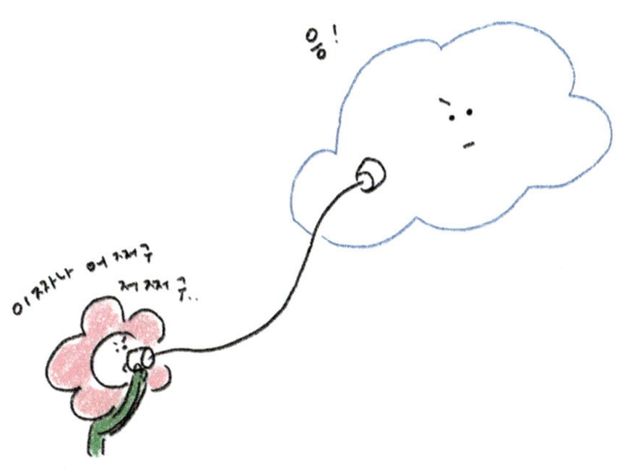
응!
이것봐나 어쩌구
저쩌구..

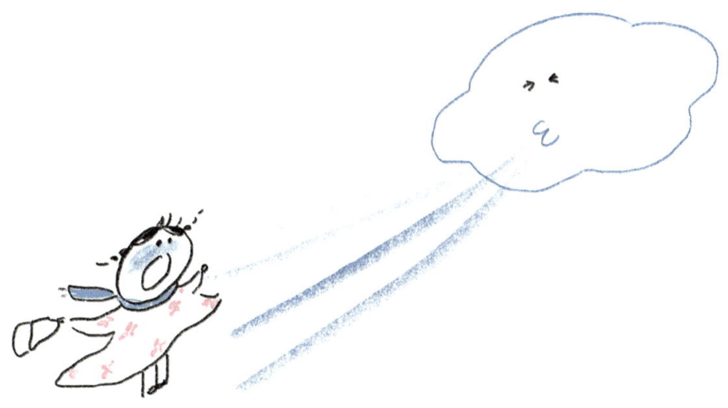

 두둥실 떠오른 마음

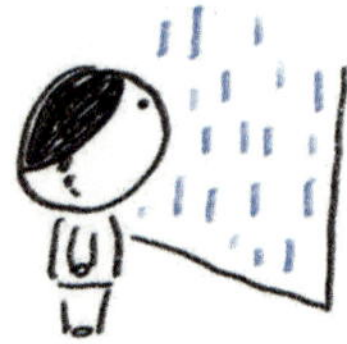

종일 비가 내리고
무기력해질 때가 있다.

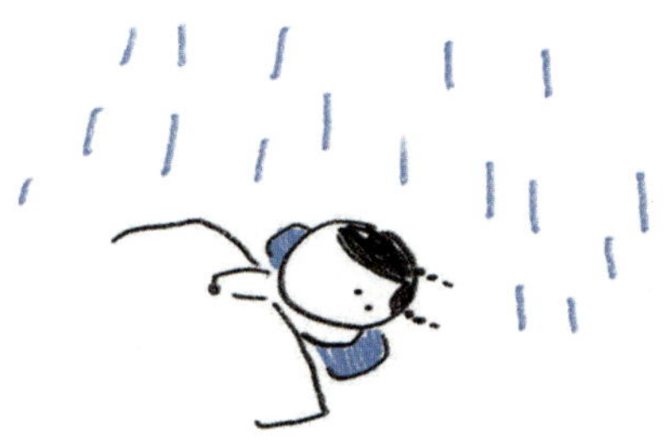

그럴 땐 그냥 내버려둔다.

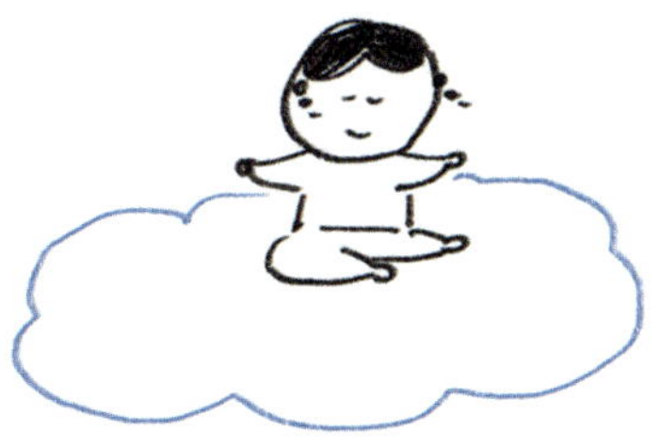

두둥실 마음이 떠오를 때까지

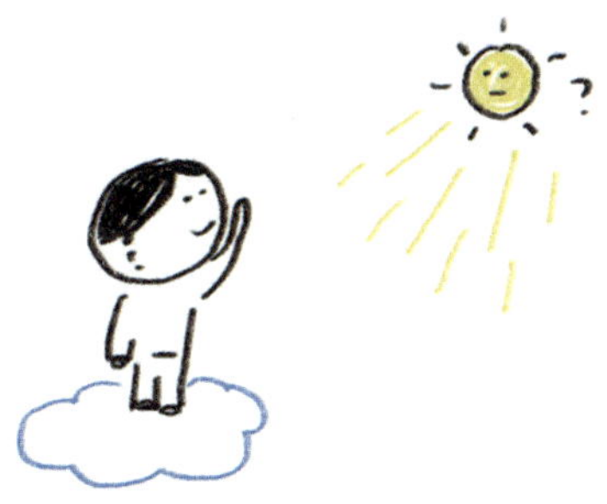

그러다 반짝 햇님을 보게 될지도!

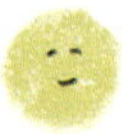

유난히 달이 밝은 날,

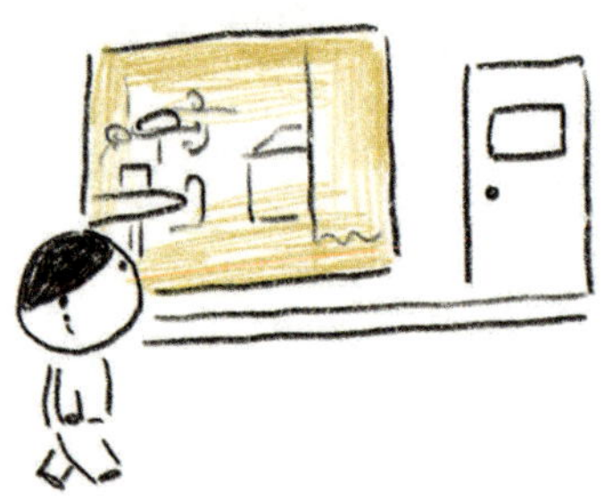

걷다가 발견한 상점의 따뜻한 불빛

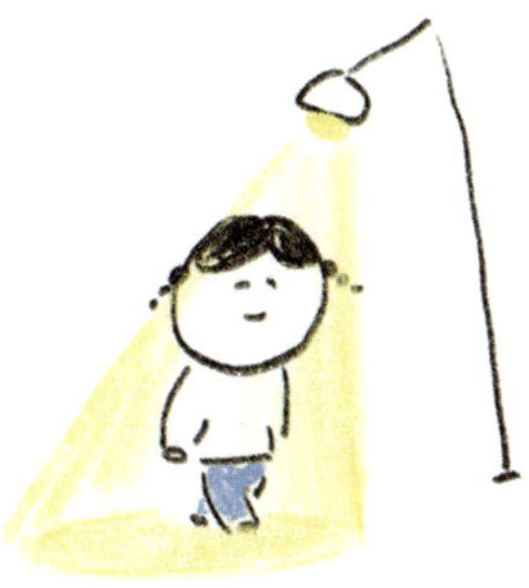

마치 나만을 비추는 조명처럼 밝다.

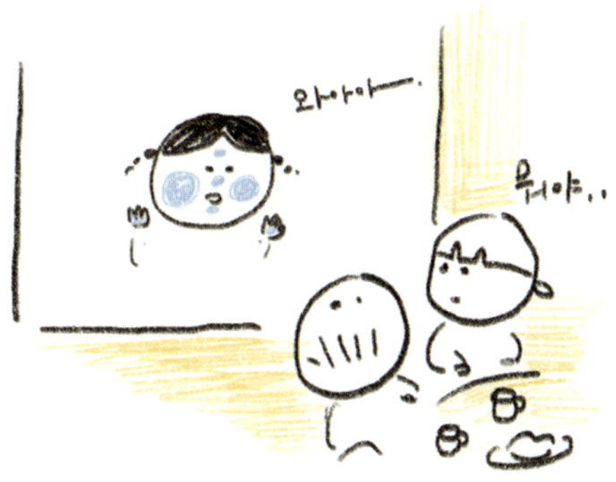

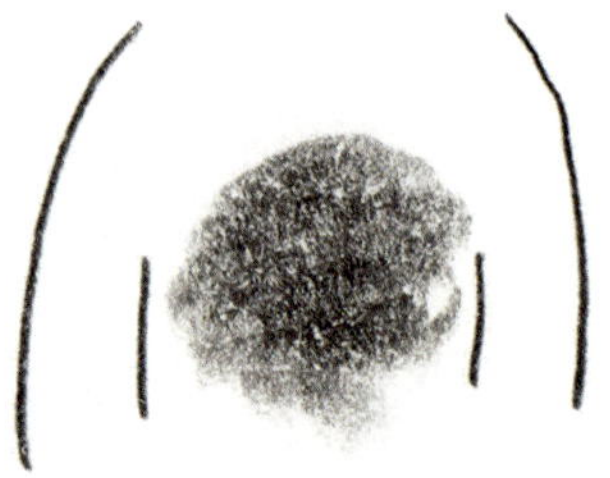

우중충하던 마음에 빛이 새어들고

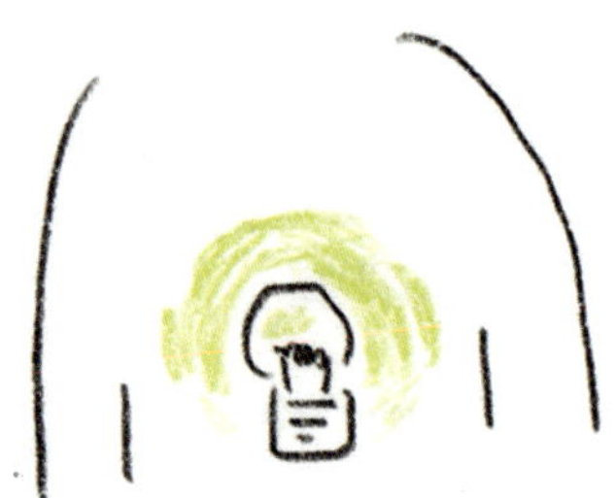

밝은 빛이 마음을 밝힌다.
아주 서서히

달이 비추는 빛을 따라
밝은 마음으로 돌아가는 길.
마음도 몸도 가볍다.

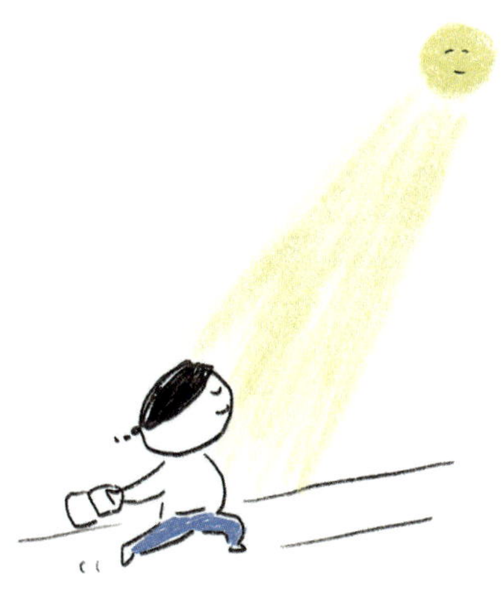

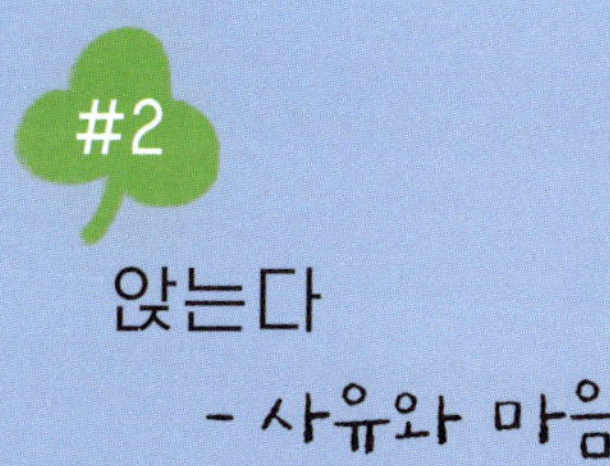

앉는다
- 사유와 마음

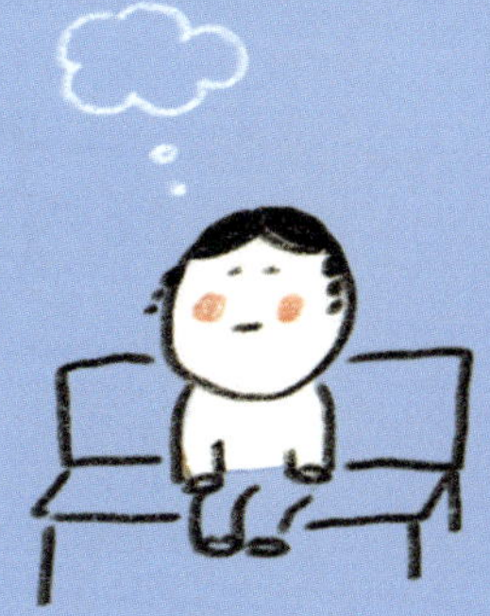

작은 마음의 방

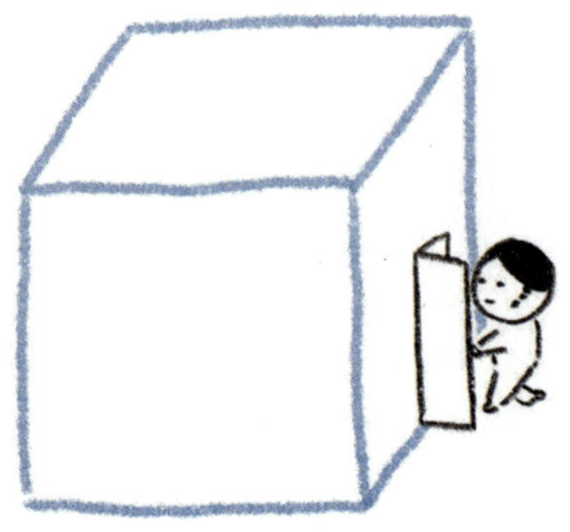

내 마음 속엔 작은 방이 있어

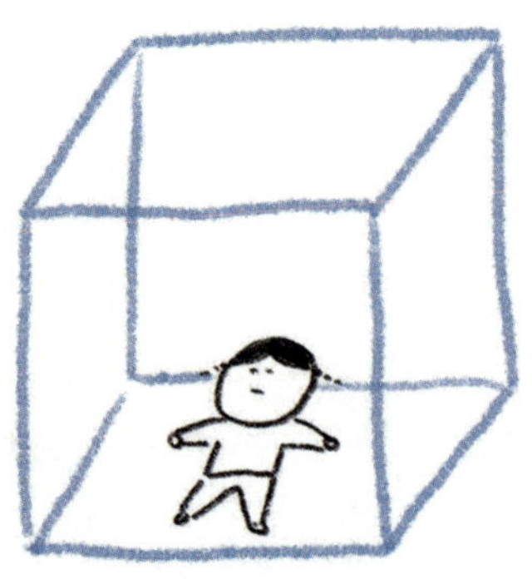

공허하고도 편안한 곳

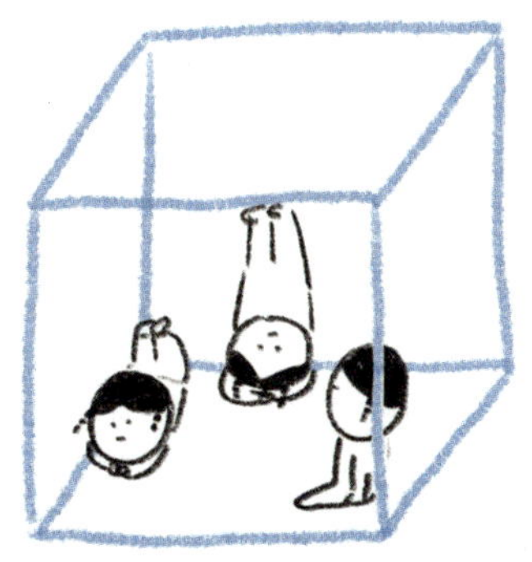

그 안에서 한참을 뒹굴거리다 보면

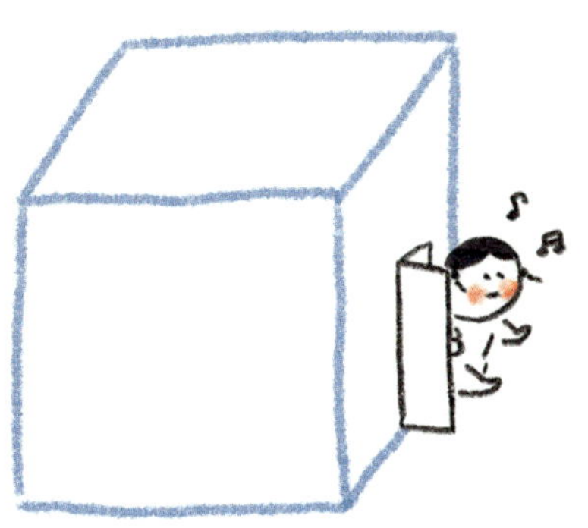

나올 수 있어요. 들어갈 때보다 훨씬
편안해진 얼굴로 -

보송보송 햇살 아래

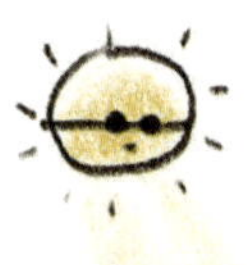

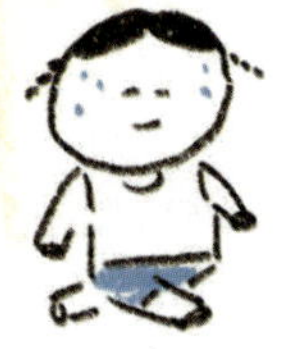

여름의 햇살도 좋고

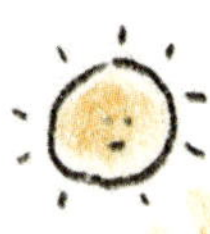

가을의 햇살도 좋지만

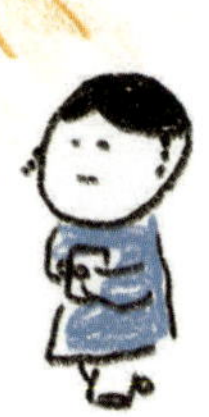

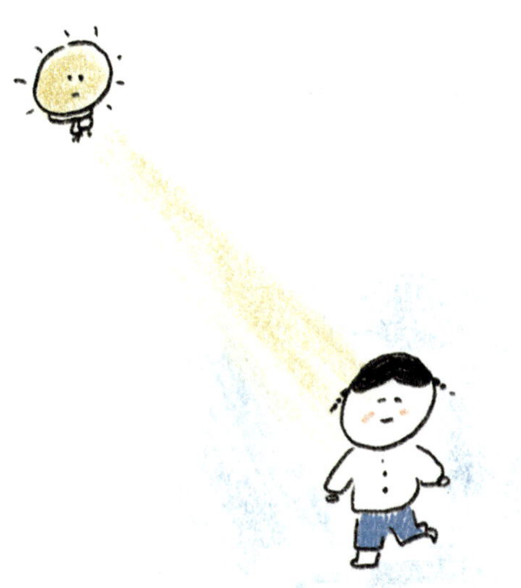

겨울의 햇살이 제일 좋다.
시원함 속 한줄기 따뜻함의
느낌이랄까?

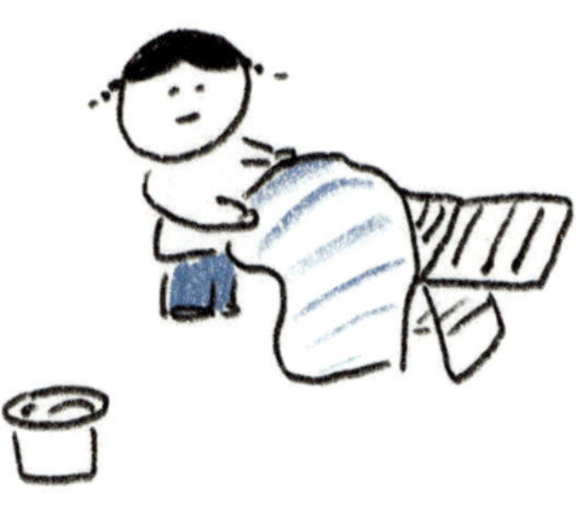

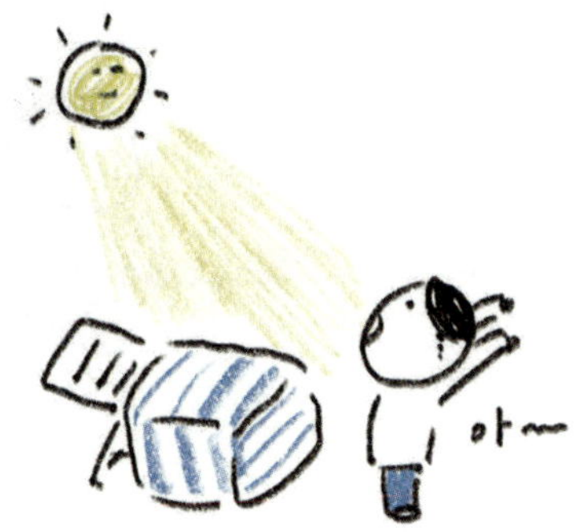

그중에서도 제일 좋아하는 시간은
쨍한 햇살 아래 보송하게
이불을 말리는 시간!

따뜻하게 마른 옷감에
차가운 겨울 공기가 맞닿은
보송하고 깨끗한 빨래를 좋아한다.

마음도 보송해지는 기분이지요!

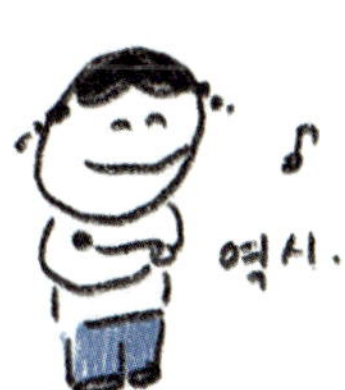

 끝내주게 숨쉬기

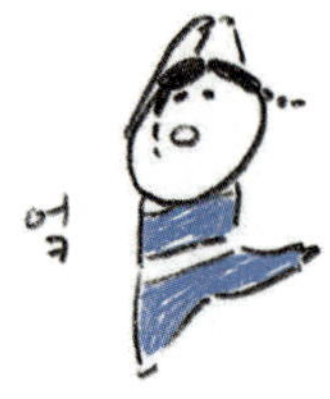

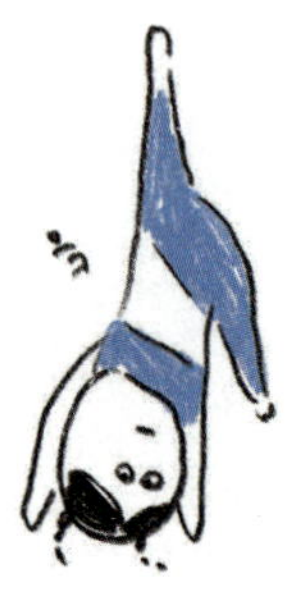

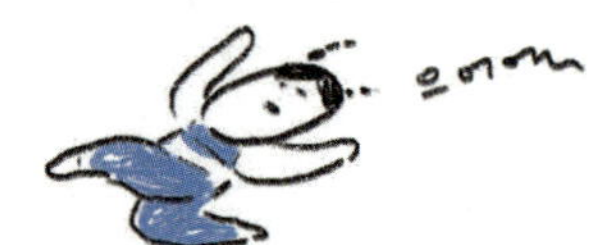

요즘 요가를 배우고 있다.

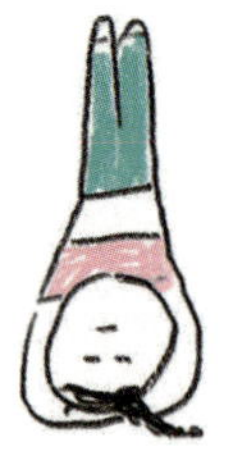

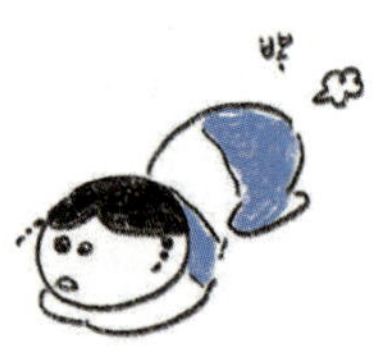

세상엔 요가를 잘하는
사람들이 참 많다.

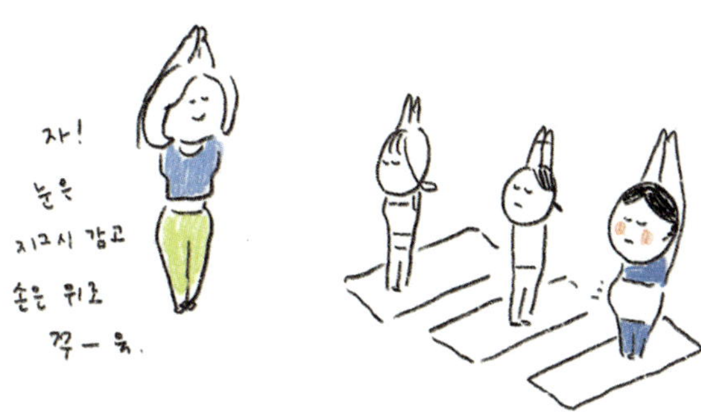

자!
눈을
지그시 감고
손을 위로
쭈 - 욱.

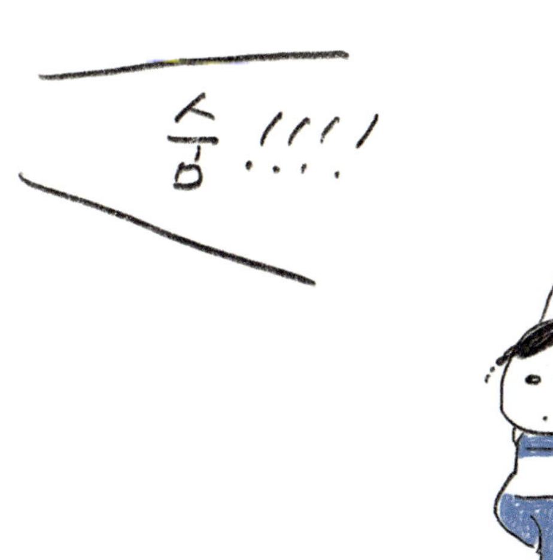

슙!!!!

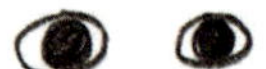

숨 쉬세요, 숨.

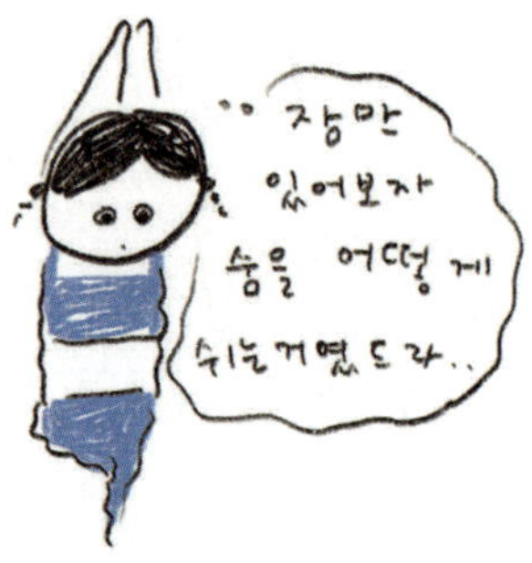

하다하다 숨을 잘못 쉬고 있다는 것을 알았다.

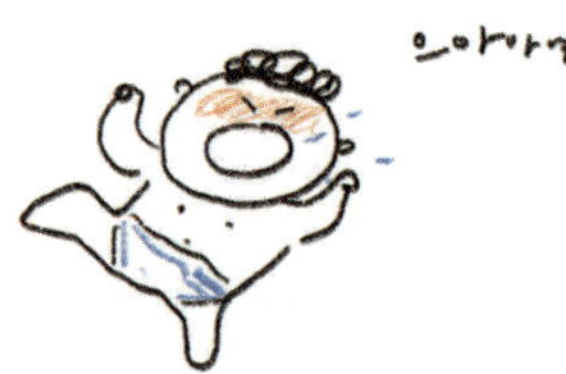

숨은 태어나서부터
저절로 쉬어지던 것,

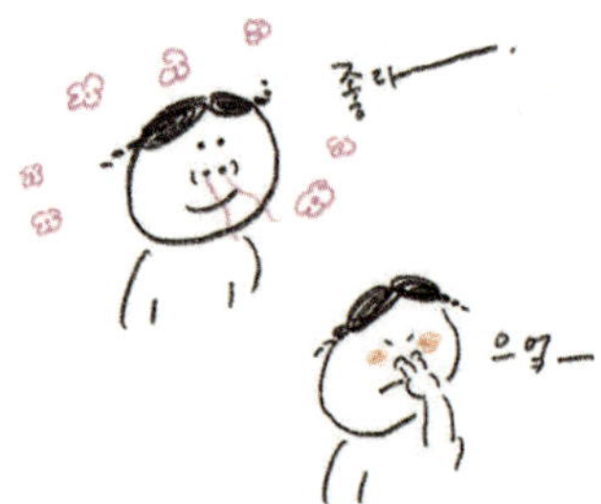

너무 당연해서 잊고 있던 것

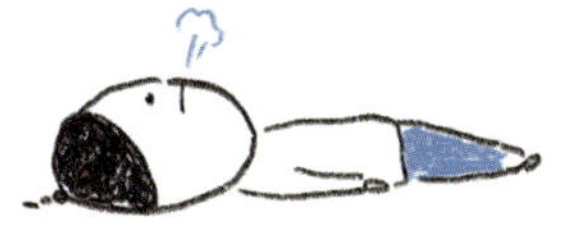

요가는 자세보다도 숨이 더 중요했다.

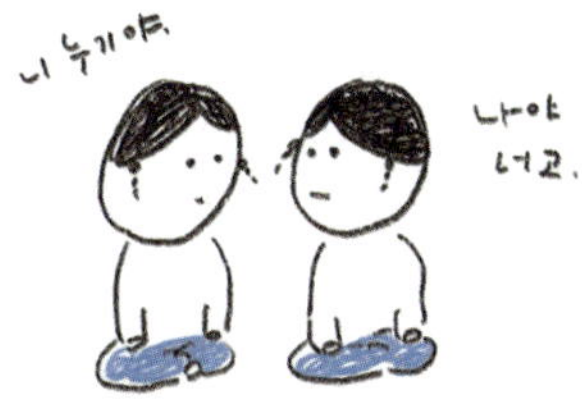

당연해서 미처 모르던 나와 마주하는 시간.

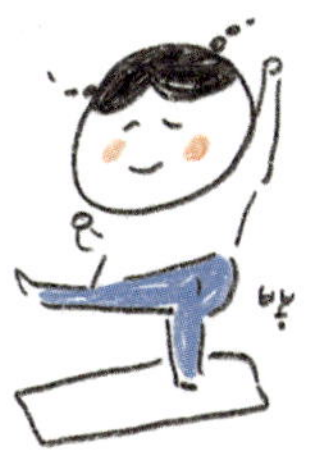

좋았어! 끝내주게 숨쉬어보자!

 봄이 오는 소리

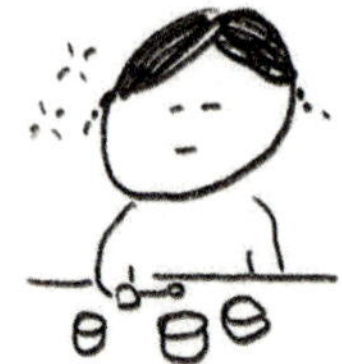

봄이 왔는지 밥을 먹자마자 졸려..

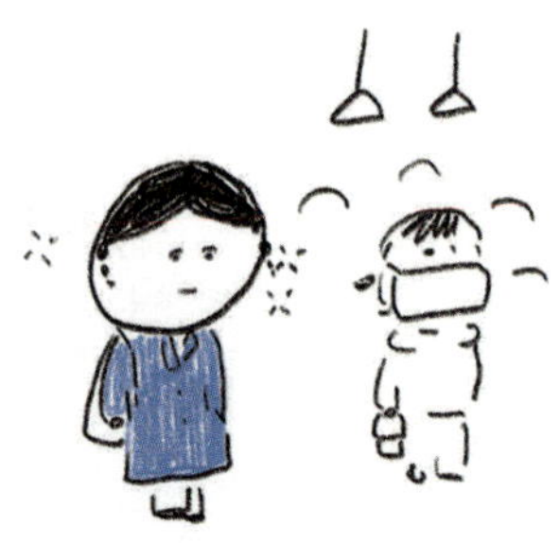

지하철에서도 졸려..

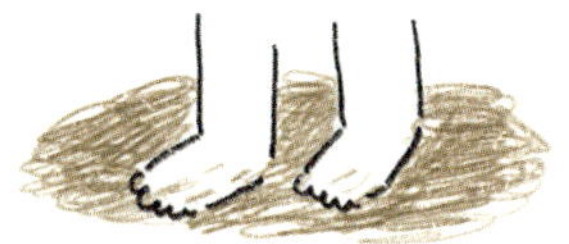

맨발로 자박자박 걷는 아저씨

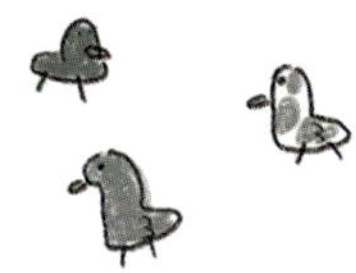

산책하는 비둘기들

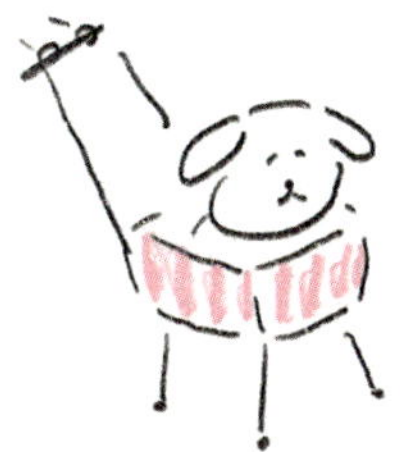

유모차에 앉아 햇살을 맞는 강아지털이
봄바람에 흘흘 휘날리기도 한다.

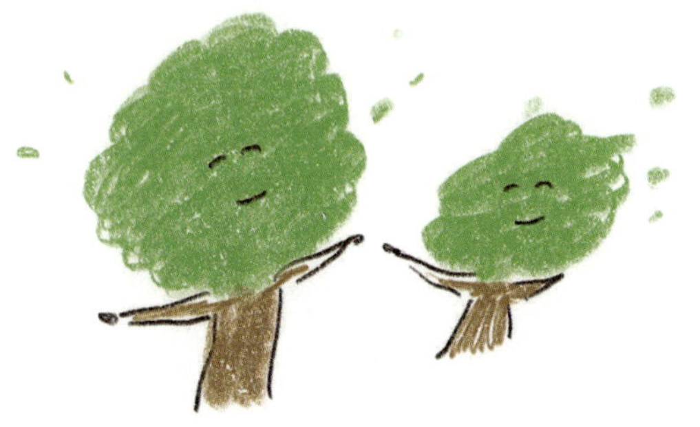

그중 제일 선명하게 들리는 소리는
봄바람에 흥겨워 춤을 추는 나무들

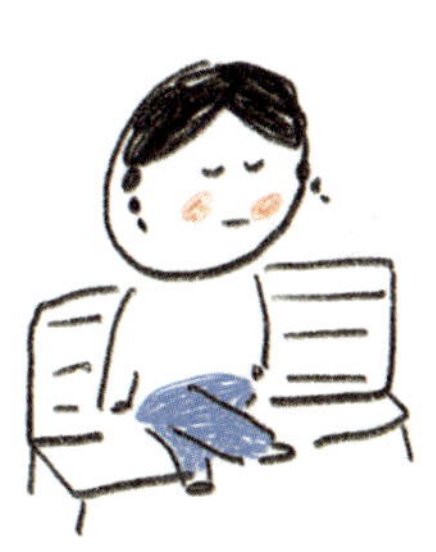

가만히 앉아 귀를 기울이면
봄이 오는 소리가 들린다.

욥생 세 컷 〈어정쩡한 인생〉

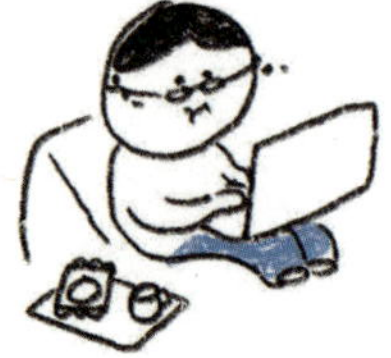

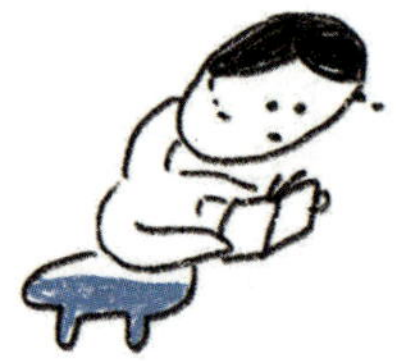

요즘 대부분의 시간을 앉은 것도,
기댄 것도, 누운 것도 아닌 자세로 살아간다.
앉으면 눕고 싶고, 누우면 잠들 것 같아 불안하고,
기대 있으면 불편하다.

이렇게 저렇게 시간은 흐르고
하루는 흘러가는 건데 앉아있는 것조차
마음 편히 하지 못할 때가 있다.

내가 무얼 하고 싶고, 무얼 좋아하는지 모를 때
어정쩡한 존재라는 생각이 든다.

그렇다면 그냥 누운 것도, 앉은 것도, 서 있는 것도 아닌
그런 어정쩡한 사람으로 살아남는 거지.
뭐 어쩌겠어요, 이것 또한 나인 것을.

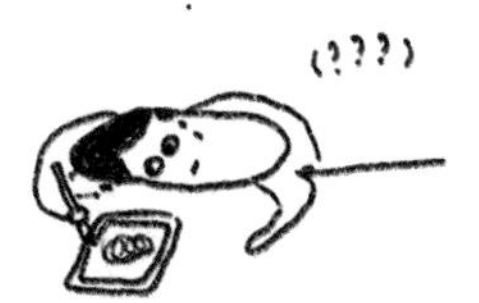

누운 것도 앉은 것도
서 있는 것도 아닌 그런
어정쩡 쩡 스러운 사람으로 살아남기...

 고속 충전이 필요해

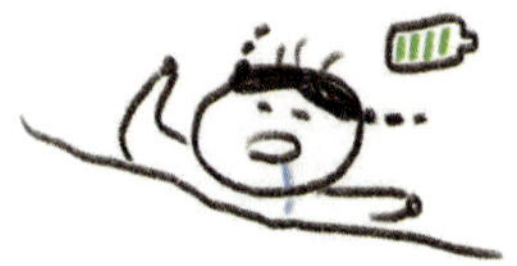

자는 동안 충전을 한다.

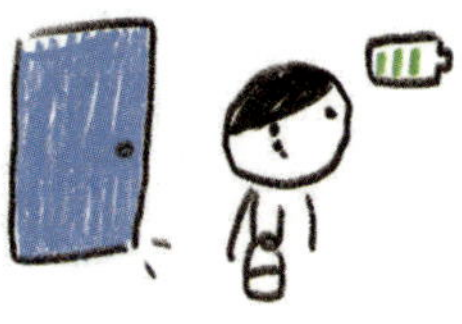

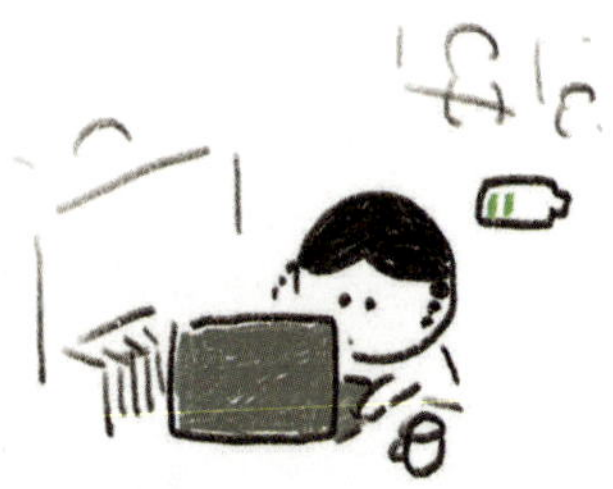

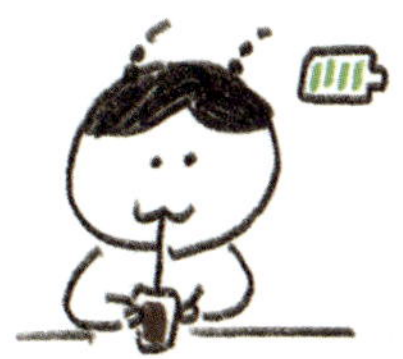

잠깐 채워졌다가

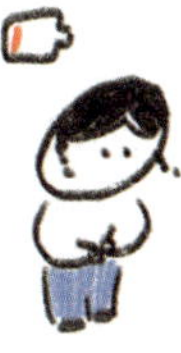

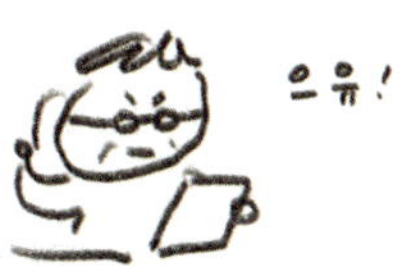

이내 간당간당..

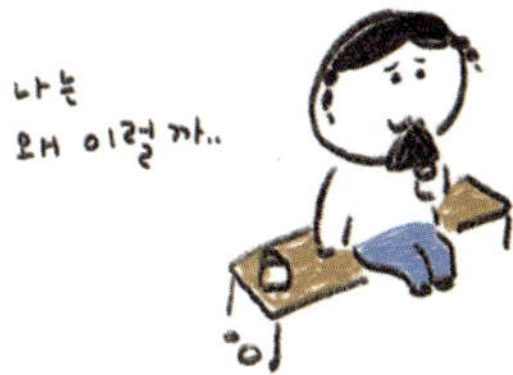

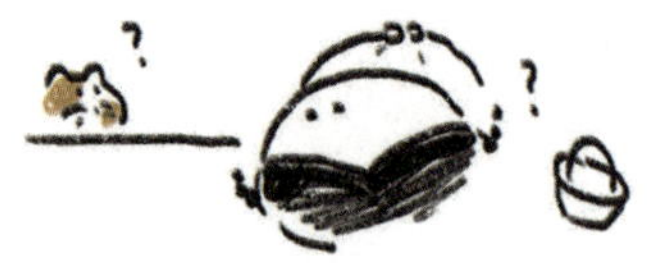

작은 고양이가 고개를 빼꼼 내민다.

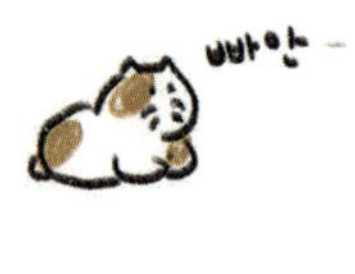

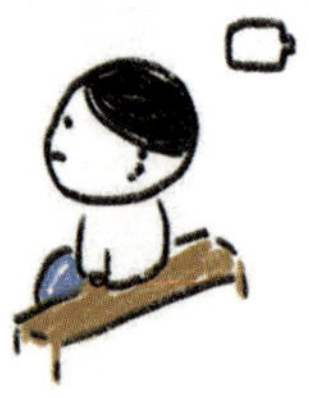

아예 자리를 잡고 앉아
나를 가만히 바라보고 있는 고양이.

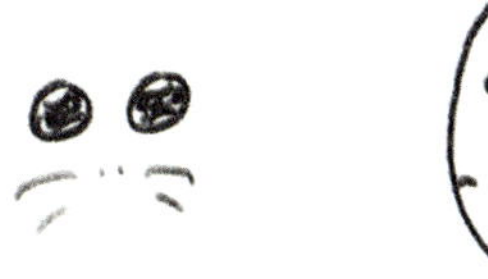

둥그랗고 맑은 고양이의 눈동자를
바라보고 있으니 눈물이 조르륵 흘렀다.

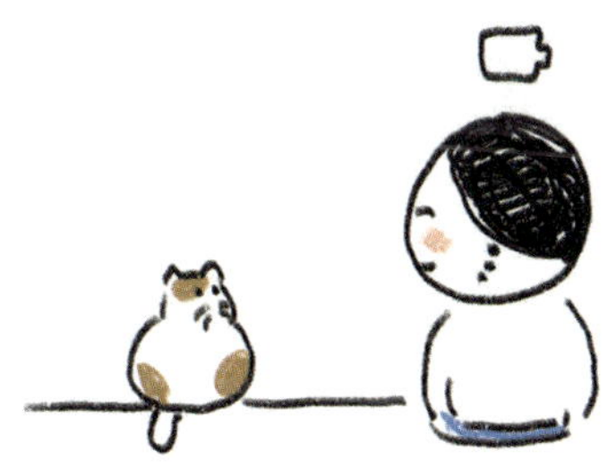

이름 모를 작은 생명에게 위로받는 날이 있다.
우린 매일 작은 충전이 필요하다.

사과 같은 마음

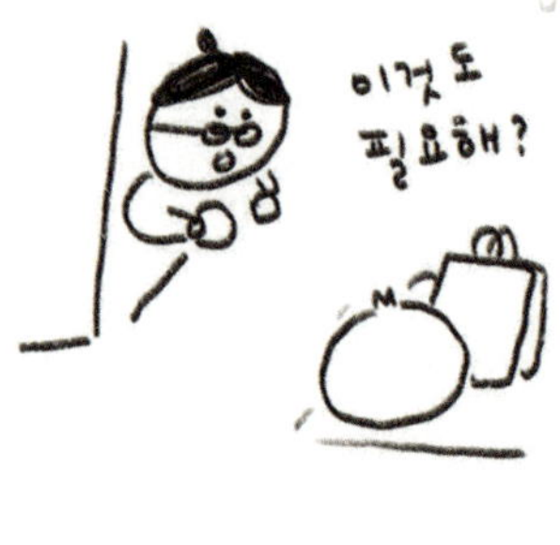

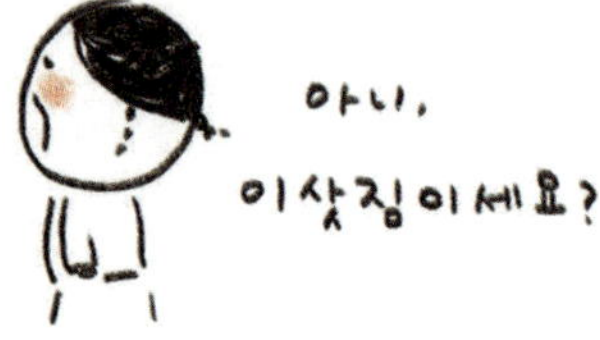

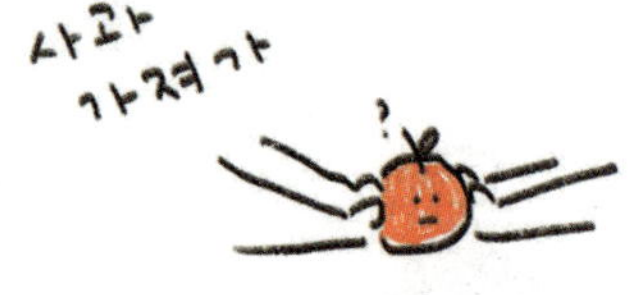

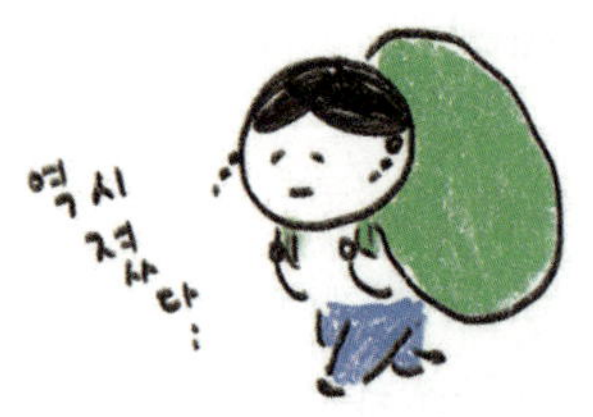

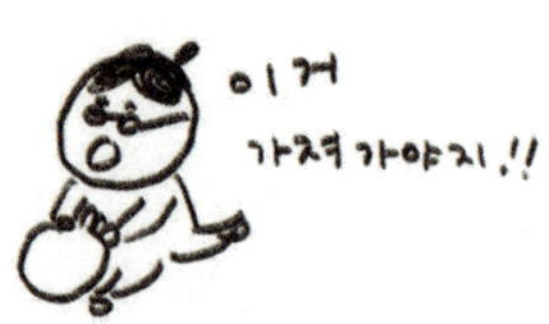

집에만 다녀오면 짐이 줄줄 늘어난다.

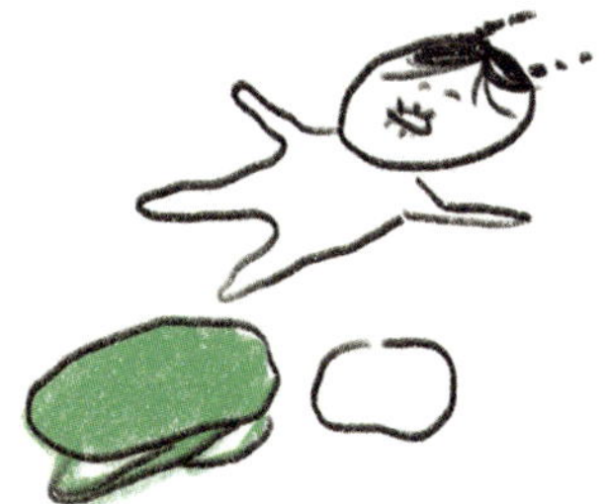

마치 몸뚱이가 히말라야를
등반한 것과 같은 그런 무거움이었다.
역시 혼자 있는 게 최고!

배는 고픈데 밥 차릴 힘이 없었다.
그러다 발견한 사과 한 알.

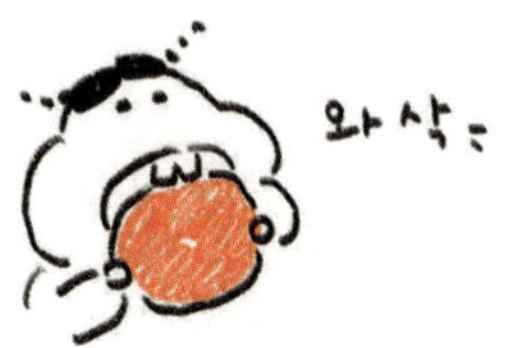

와삭=

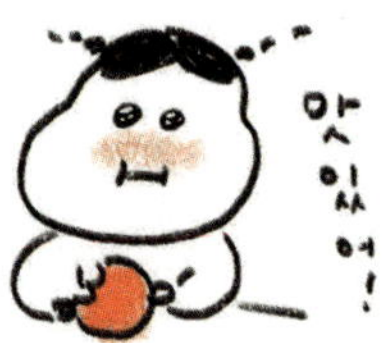

맛있어!

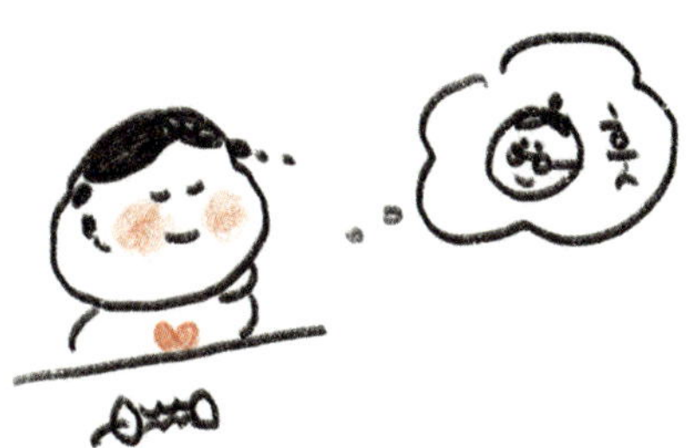

사과를 좋아하지 않는데도
유독 달고 맛있게 느껴졌다.

엄마의 사랑은 달콤한
　사과 맛을 닮았구나-

 음악은 내 인생

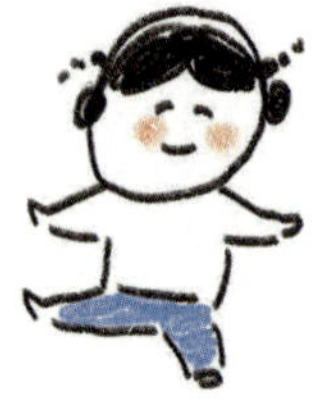

나는 음악을 사랑한다.

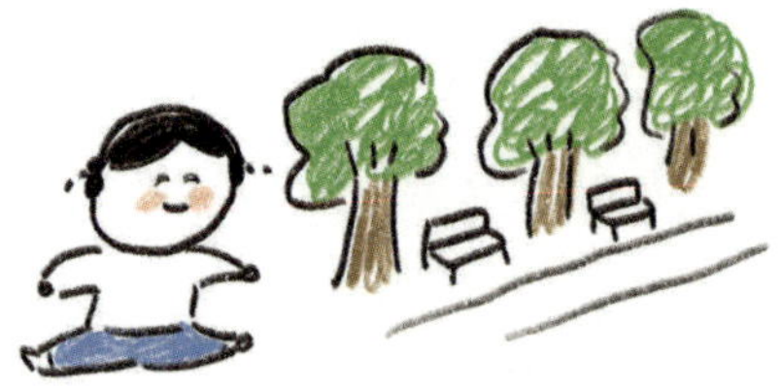

음악과 함께라면 평범한 일상도
언제 어디서든 영화 속 한 장면이 된다.

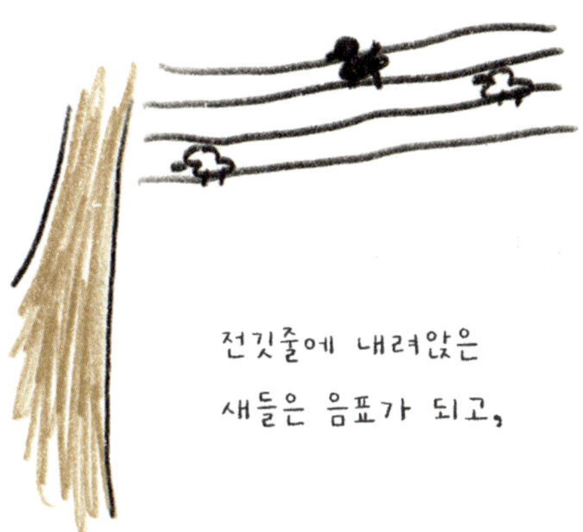

전깃줄에 내려앉은

새들은 음표가 되고,

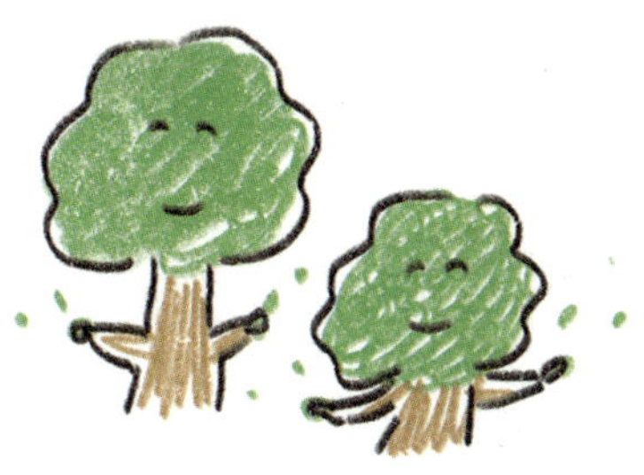

나무들은 춤을 추는 듯하다.

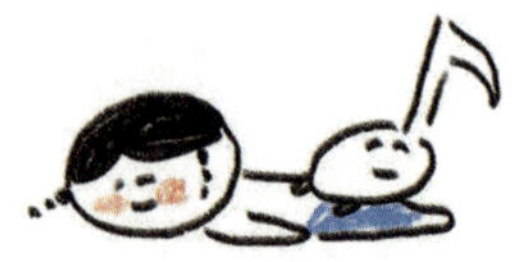

지친 마음을 다독여주고

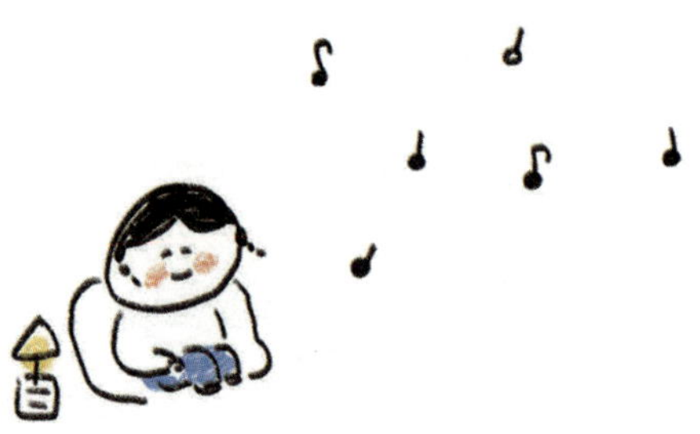

텅 빈 마음은 음표로 가득 채워준다.

같이 들어요.
몽이네 MUSIC BOX

QR코드를 인식하면,
몽이네 그림에 영감을 주는 음악을
함께 들어볼 수 있습니다.

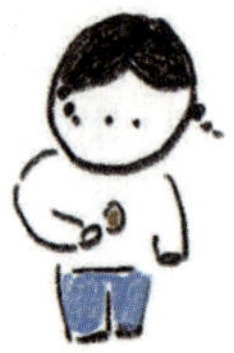

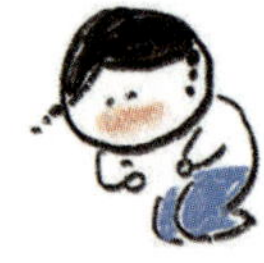

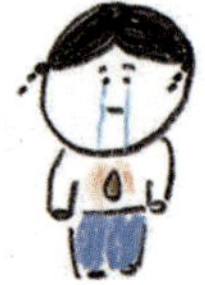

마음속 씨앗이 달그락 달그락
봄을 준비하는 움직임인가
약간의 고통이 따라온다.

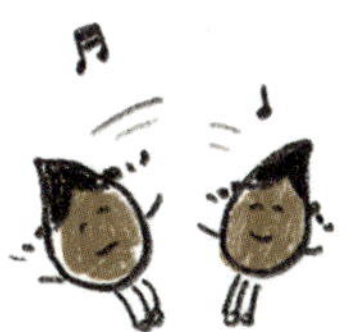

히히호호

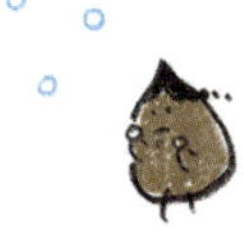

눈물을 뚝뚝

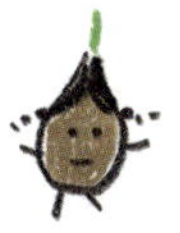

뿅—

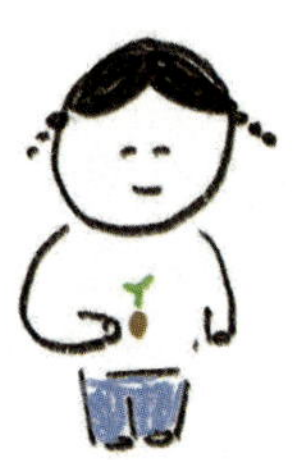

변화엔 고통이 따르는 법,
어느새 파릇파릇 자라날
마음의 씨앗들!

마음의 깊은 곳으로 파고드는 죄책감과 분노,
단단하고 작은 씨앗들이
마음을 데굴데굴 여기저기 헤집고
굴러다니는 것처럼 불편할 때가 있다.

그럴 땐 마음의 씨앗을 가만히 들여다본다.
고통은 서서히 가라앉고
푸릇한 싹이 삐죽 돋아난다.

제멋대로인 마음의 씨앗을
미워만 말고 잘 돌보아주자!

나도 모르는 새 푸릇하고 울창한
마음의 숲이 되어있을 테니─

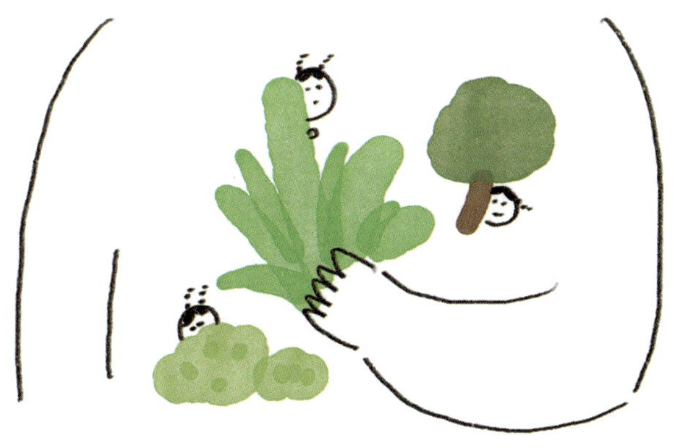

 인생은 헤엄헤엄

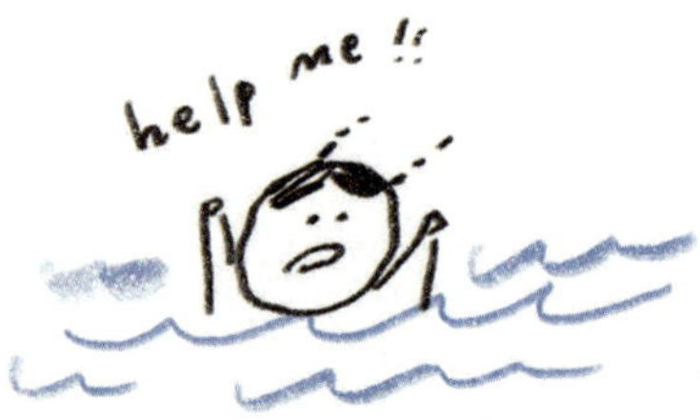

망망대해에 홀로 떠있는 것 같을 때가 있다.

허우적대기도,

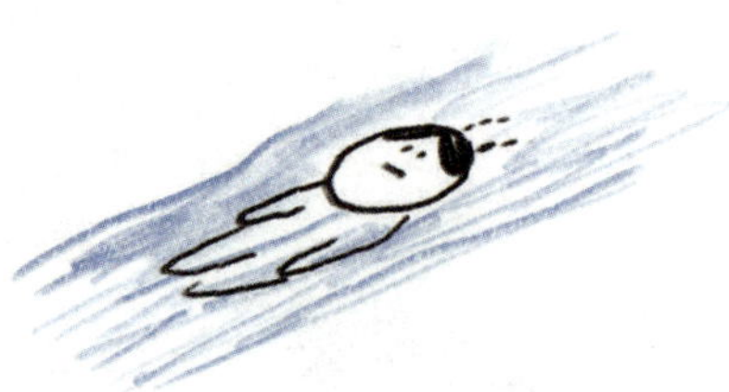

에라 모르겠다
바다에 몸을 맡기기도 한다.

그러다 어떤 순간엔
파도가 잦아들고 햇살이 비추기도 한다.

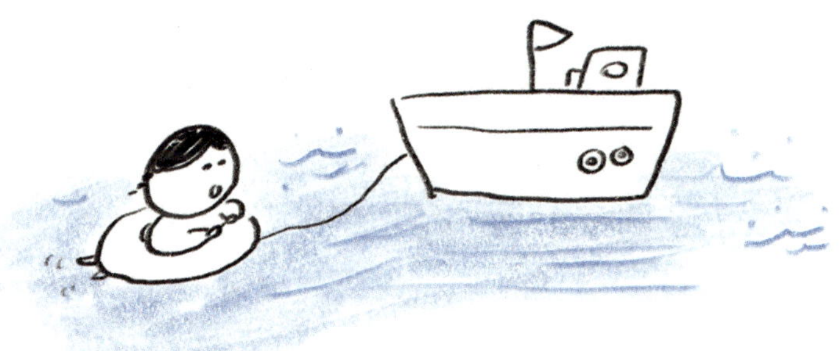

멋진 배 한 척을 만나게 될지도

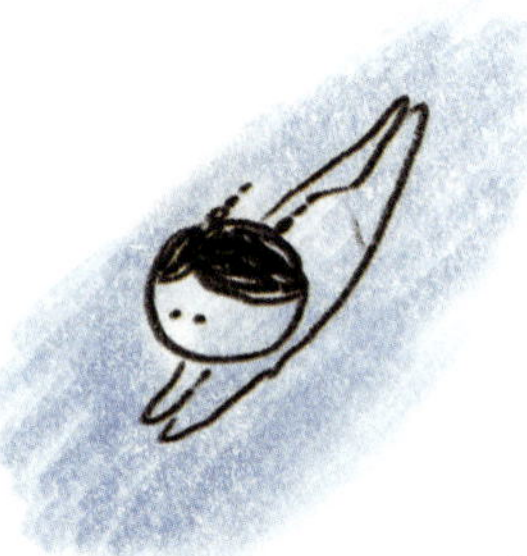

때로는 아주 깊은
생각에 잠겨

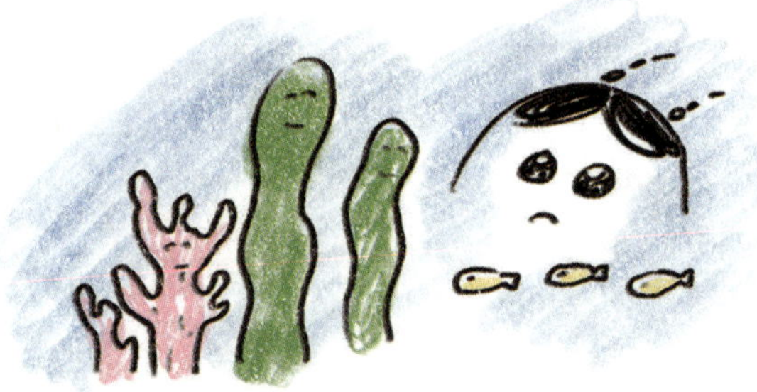

다른 세상을 마주할지도 모른다.

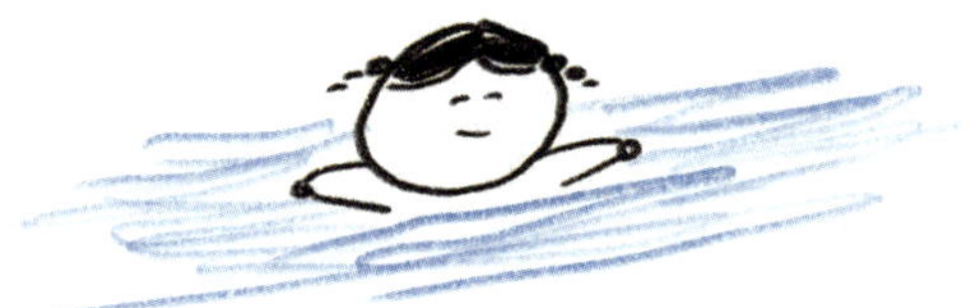

그러니 두려워 말고
마음대로 헤엄치자!

 매듭을 잘 짓자

어릴 땐 사장이 되면
마냥 좋을 줄 알았는데

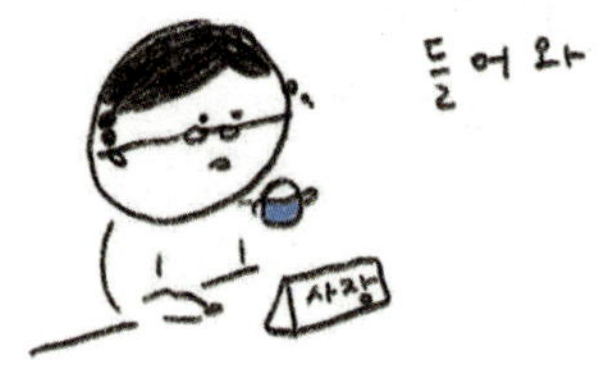

그 뒤에 숨겨진 커다란 무게를
미처 보지 못했다.

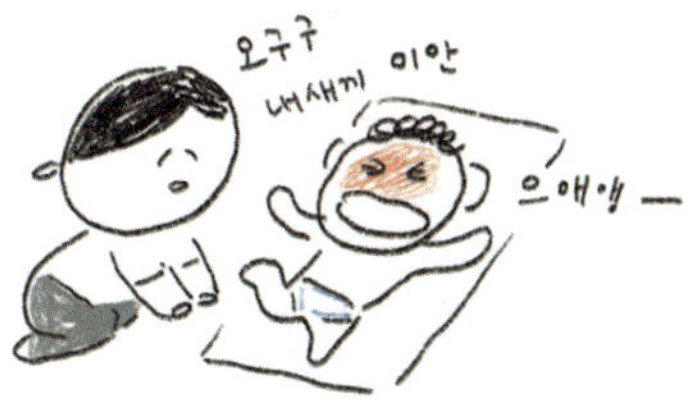

어릴 땐 울어버리면 모든 게
다 해결됐는데

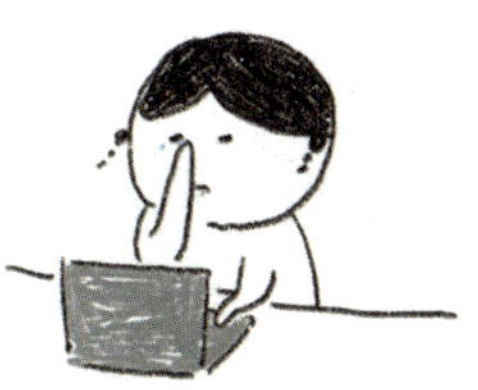

이젠 누가 볼 새라 조용히 처리한다.

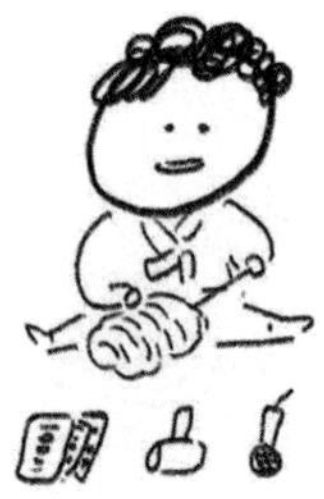

돌잡이에선 명주실을 잡았는데

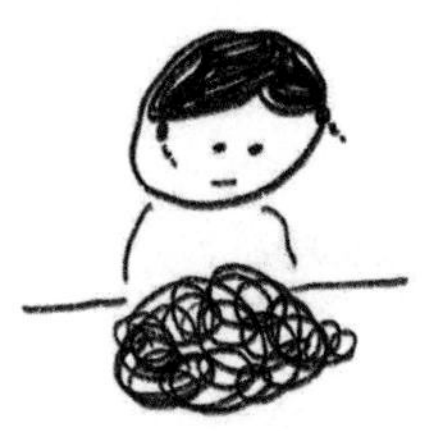

어쩐지 커갈수록 생각들만
실처럼 배배 꼬이는 것 같다.

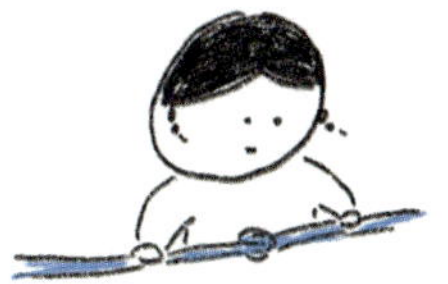

어른이 되며 느끼는 건,

모든 일에 매듭을 잘 지어야 한다는 것.

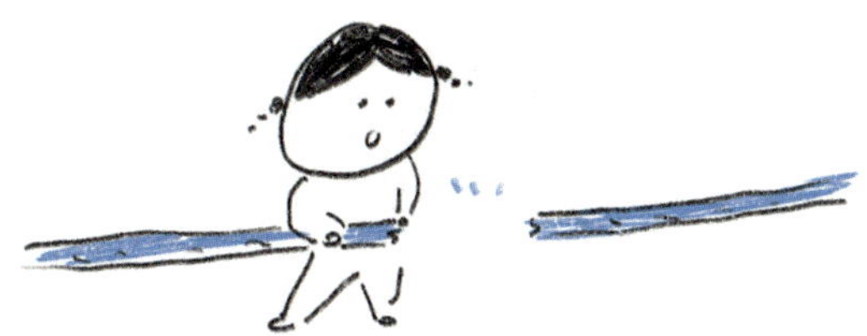

실수로 끊어지지 않도록.

 영감샤워

종일 생각이 따라다닌다.

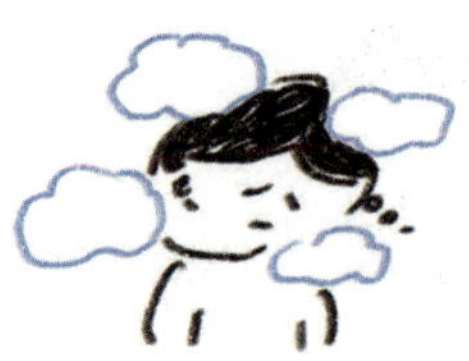

무거운 생각들은 머리와 몸을 짓누른다.

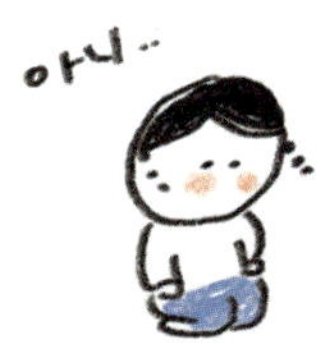

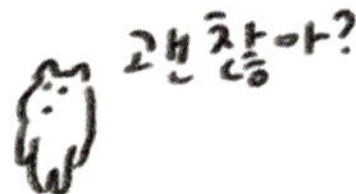

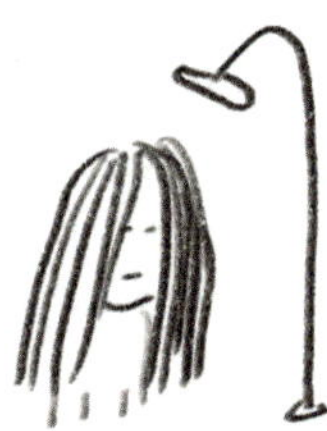

그럴 땐 곧장 샤워기에 물을 튼다.

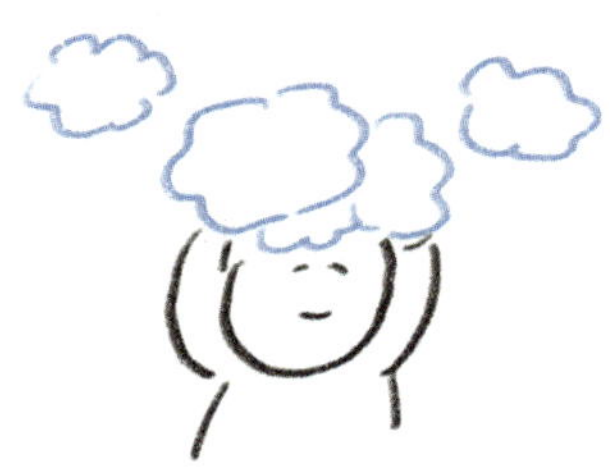

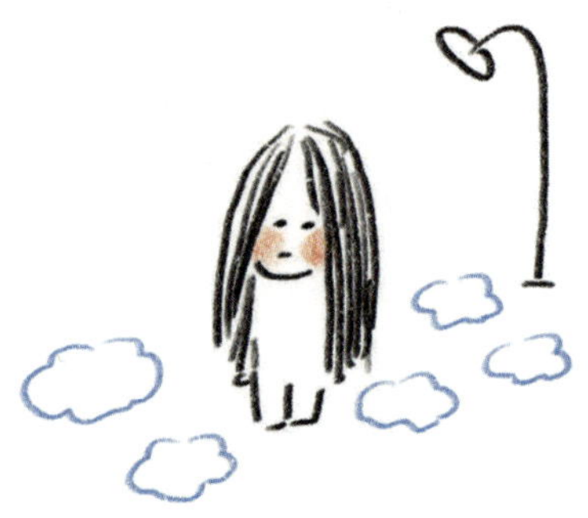

물을 맞다 보면 무거운 생각이
씻겨져 내려간다.

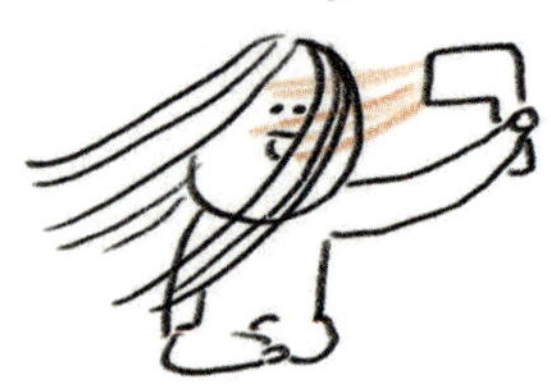

샤워를 하고 난 후
영감을 기록해주세요.
글이든 그림이든 낙서든
아무거나 좋아요.
무엇이든 영감입니다.

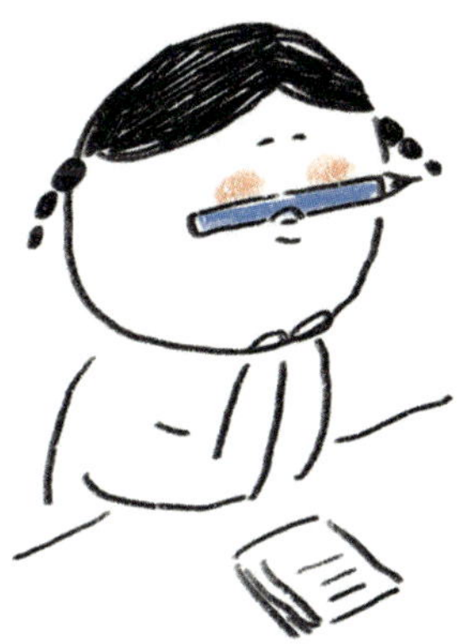

생각과 물이 만나면
때로는 영감이 되기도 한다.

 말랑하고 단단하게

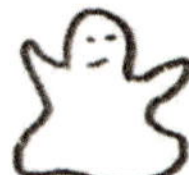
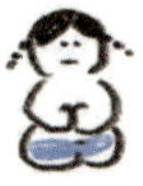

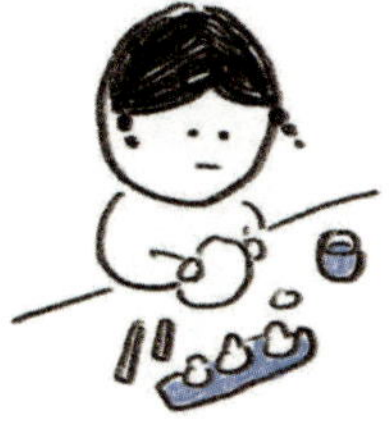

손이 많이 가는 도자 작업
물론 잘 만드는 것도 중요하지만,

다듬는 시간이
더 중요한 것 같다고
느끼는 요즘.

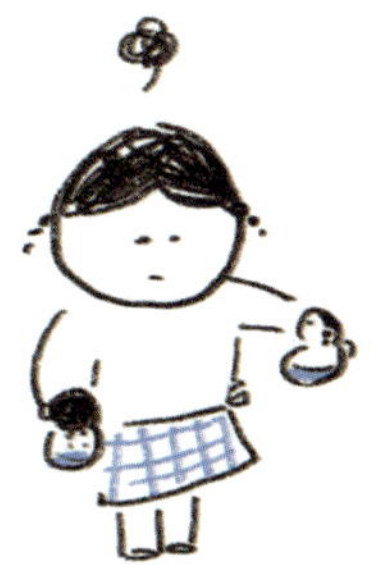

마음의 여유가 없을 때
만든 것에선 조급함이
그대로 묻어 있다.

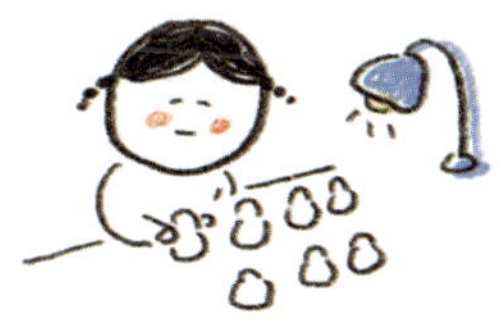

자알 만드는 것보다 좋은 마음으로 만드는 것.
나를 다독이듯 누군가의 하루를
다독여줄 작업을 하고 싶다.

말랑하고 단단하게!

 작은 조각, 커다란 행복

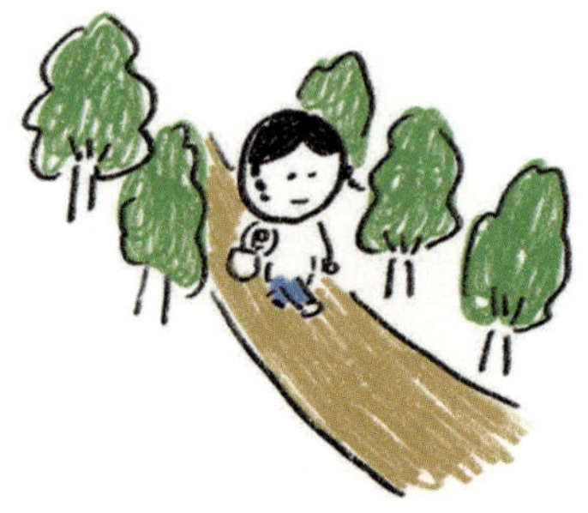

여름이 물러나고 어느덧
선선한 가을이 도착했다.

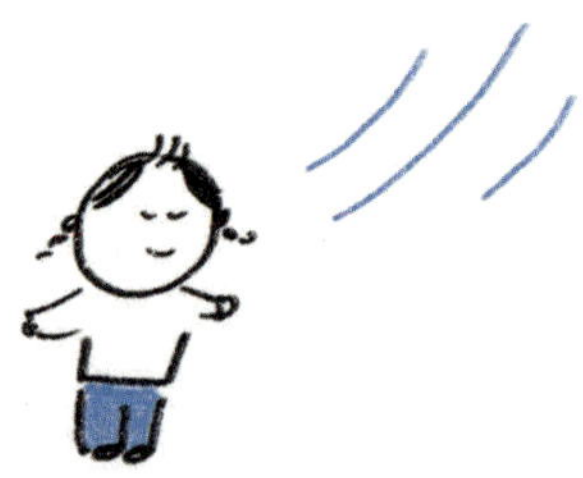

시원한 바람을 맞으니
마음에도 환기가 되는 기분

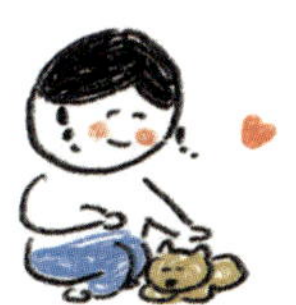

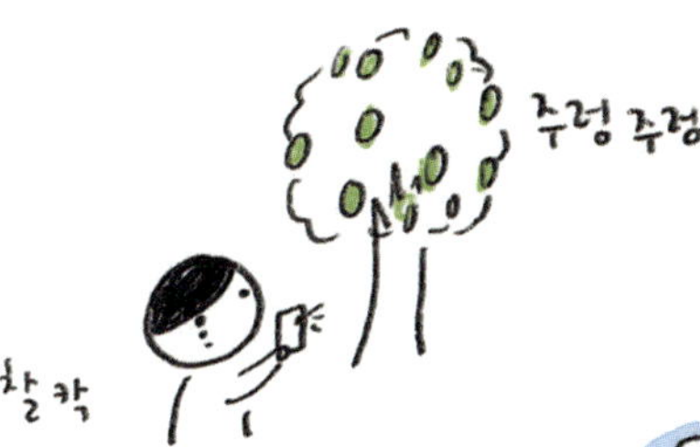

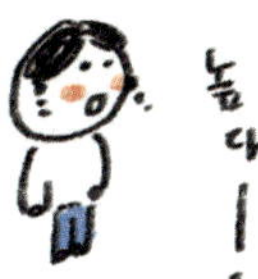

가을의 산책길엔 생각보다
멈춰 설 일이 많다.

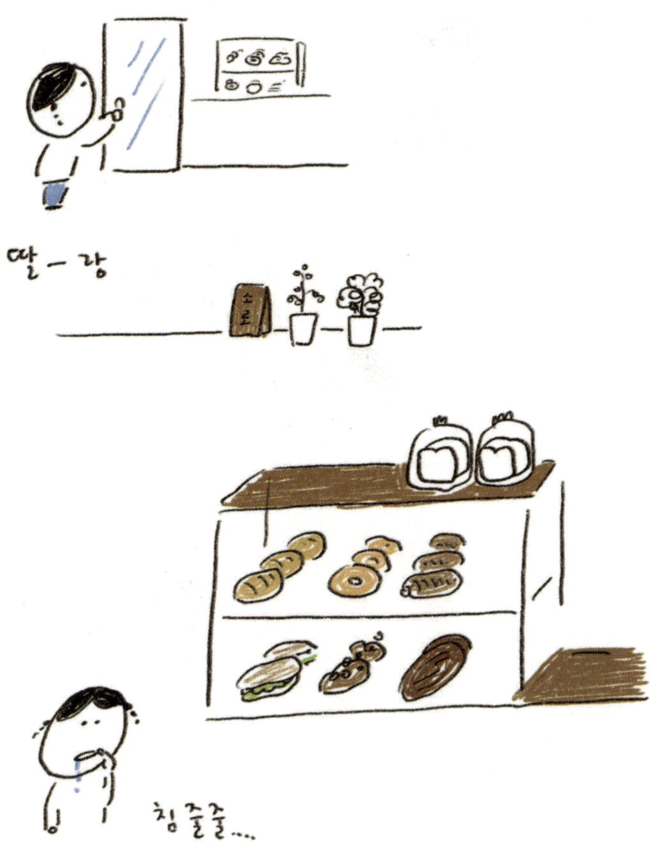

늘 그렇듯 방앗간에 들른다.

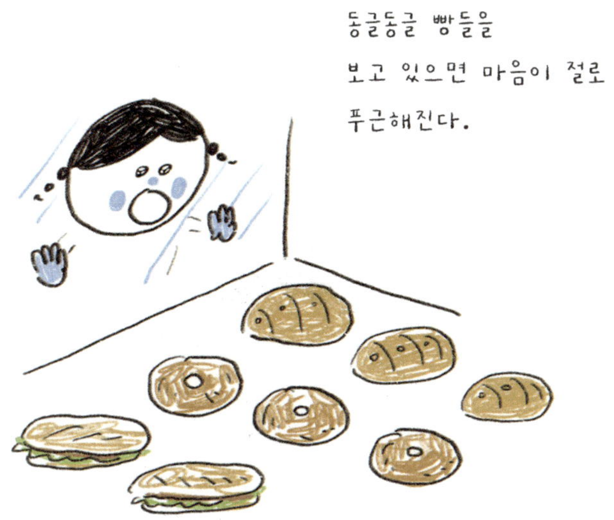

동글동글 빵들을
보고 있으면 마음이 절로
푸근해진다.

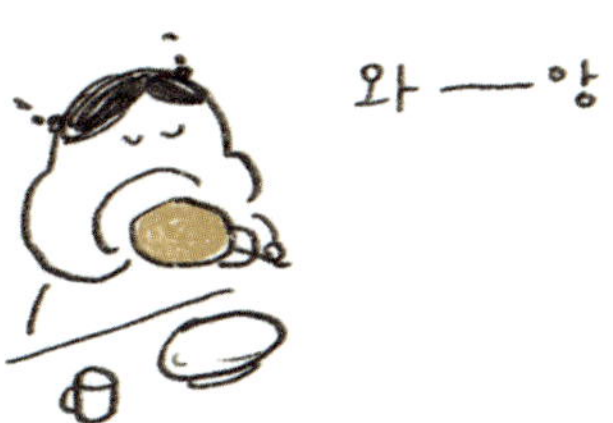

빵을 한입 가득 넣으면
입안에도 행복이 가 — 득

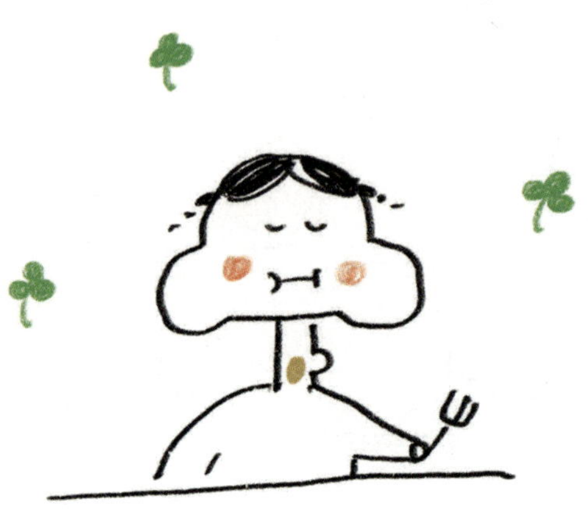

꿀꺽 삼키면 온몸에

행복감이 퍼지는 기분이 든다.

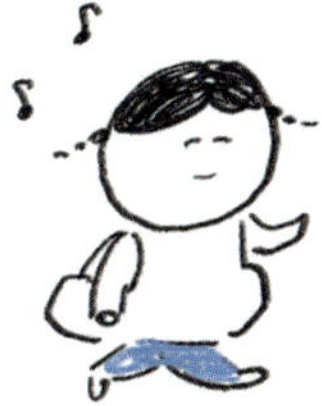

주인장 부부의 배웅을 받으며

배도 빵빵 마음도 빵빵히

돌아가는 길 ~

 환기시키신 분

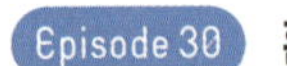

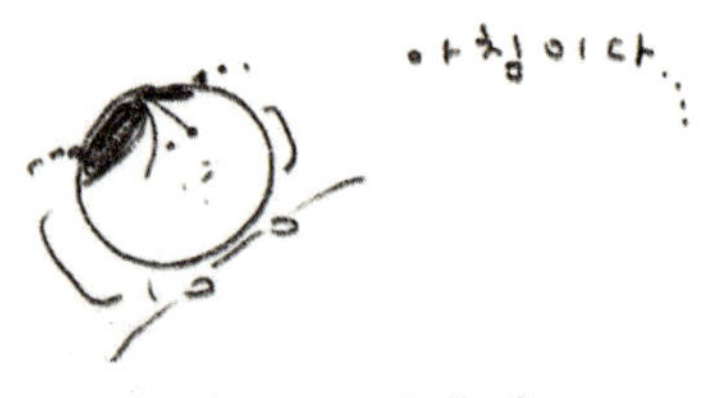

어김없이 아침은 온다.

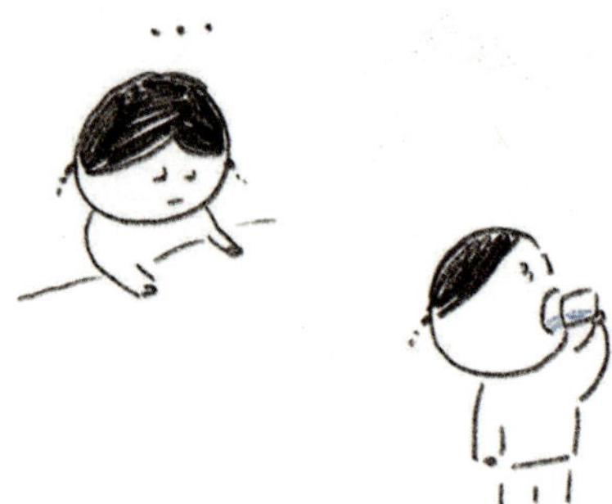

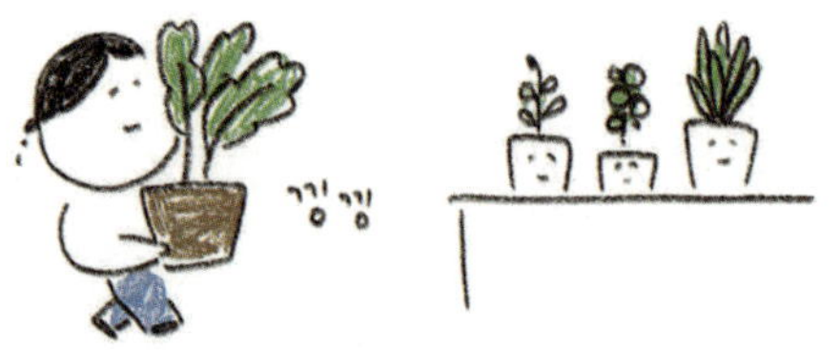

목을 축이고 화분들에도 물을 먹인다.

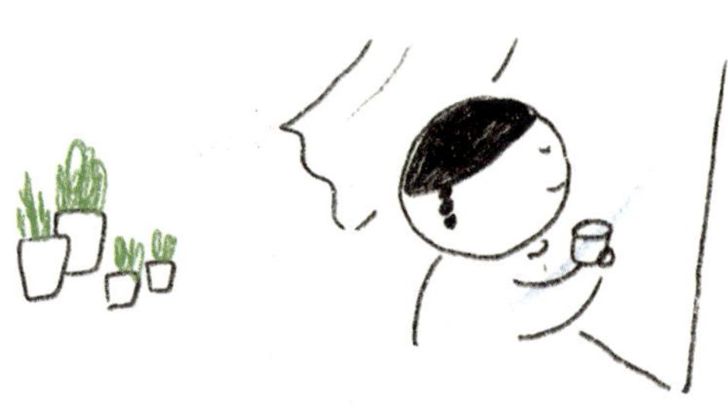

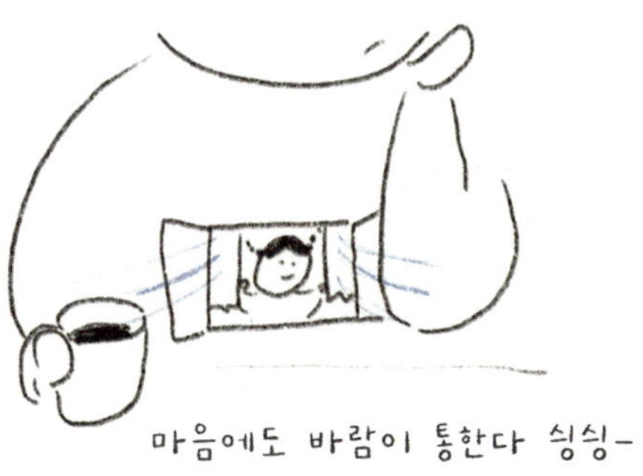
마음에도 바람이 통한다 싱싱─

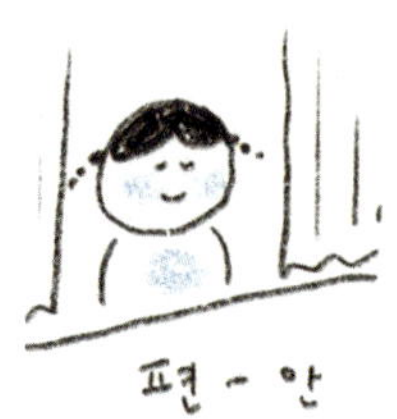
편─안

쬐꼬만 행복 세 컷 〈차 시간〉

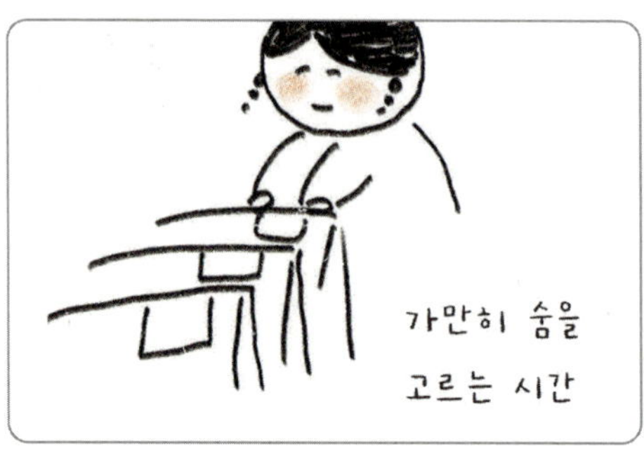

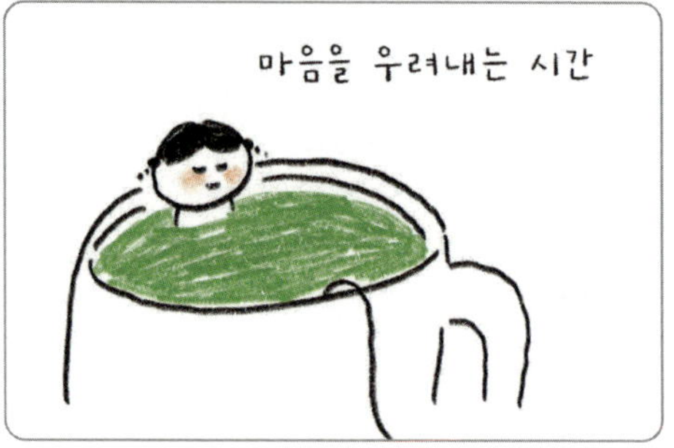

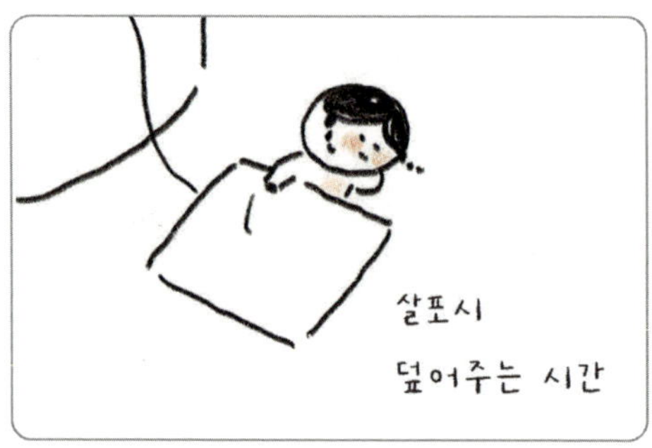

마음이 동동 떠오르는 날엔
고요히 앉아 차 시간을 가져본다.
찻잔과 찻잎과 나만의 시간.
가만히 숨을 고르며 오늘의 향을 고른다.

찻잔에 뜨거운 물을 부으면
찻잎의 향과 색이 서서히 우러나고,
시끄럽던 마음도 서서히 가라앉는 것 같다.

나는 작은 일로 마음이 부르르 일어나고,
다시 작은 행복으로 가라앉는 사람.
찻잎도 저마다 우려내는 적절한 시간이 있듯이
마음에도 저마다의 시간이 필요하다는 것을 깨닫는다.

호로록.
잘 우러난 차를 입에 머금었다 삼키면
목을 지나 마음에 도착한다.
이내 마음에 안정이 찾아온다.
동동 떠오른 마음을
아래로 아래로 가라앉히는 시간,
마치 찻잎으로 나를 살포시 덮어주는 것 같다.

 책과 하루

책을 펼치면 머릿속에 작은 방이 펼쳐지는 듯하다.
한 글자 한 글자 집중해서 읽다 보면
낱말은 재밌는 친구가 되고,
문장은 나를 다독이는 이불이 되어주기도 한다.
책과 함께하는 하루는 그 어떤 친구보다도
편안하고 깊은 위안을 준다.

멈추고 싶은 순간들엔 책갈피를 꽂아
언제 펼쳐보아도 그 순간으로 이동하게 해준다.
'그때 내 생각이 그랬지' 하며
회상하는 시간을 좋아한다.

하루를 온전히 나의 작은 방에서
책과 함께 보내고 나면
무언가 마음이 든든해지는 기분이 든다.

책과 보내는 하루는 참 좋다.

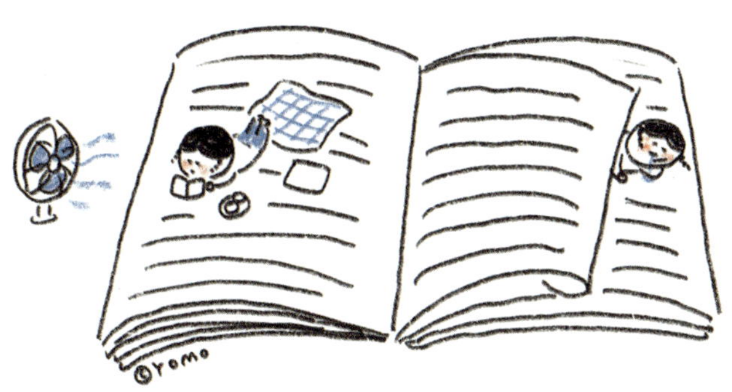

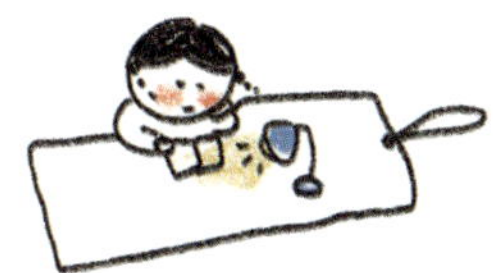

#3

만나다
- 깨달음의 순간

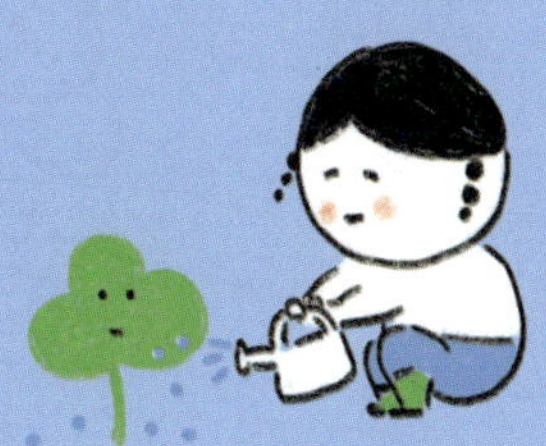

햇살의 휴가

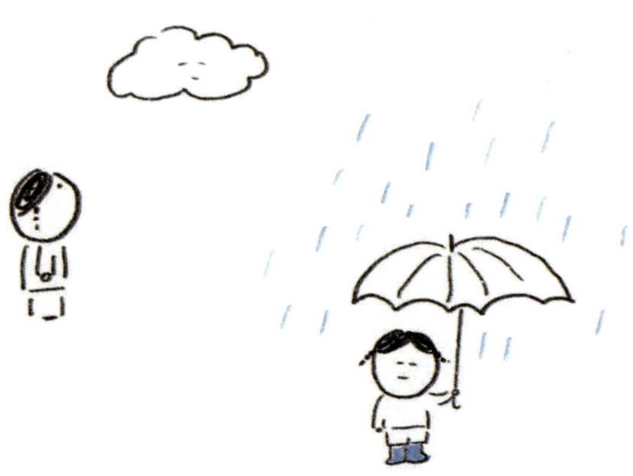

며칠 동안 햇살을 볼 수 없었다.

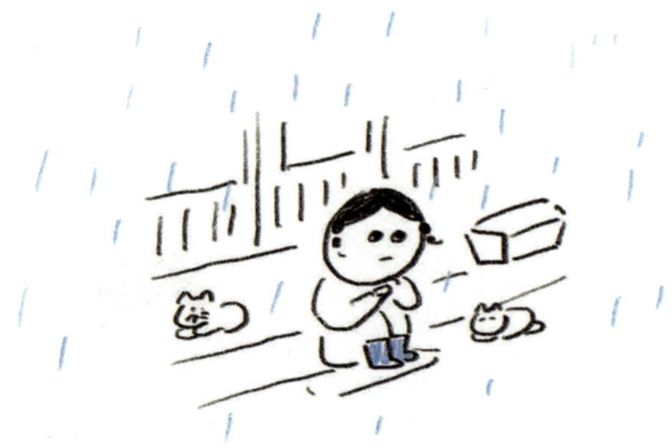

어디 좋은 데 갔나?

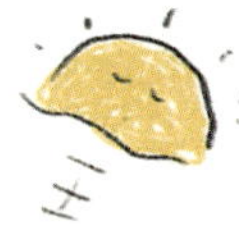

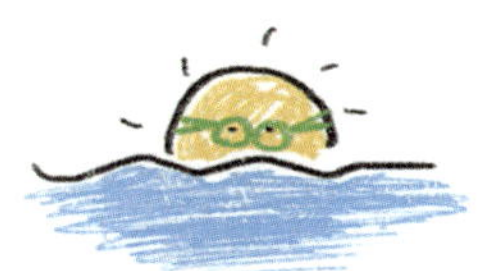

열을 식히고 있으려나

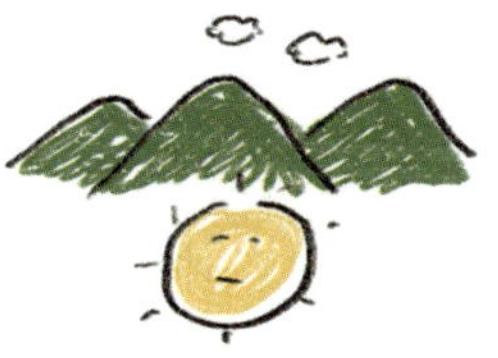

산 뒤에 숨어 사색을 즐기려나..

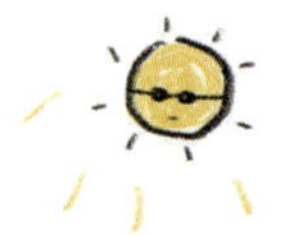

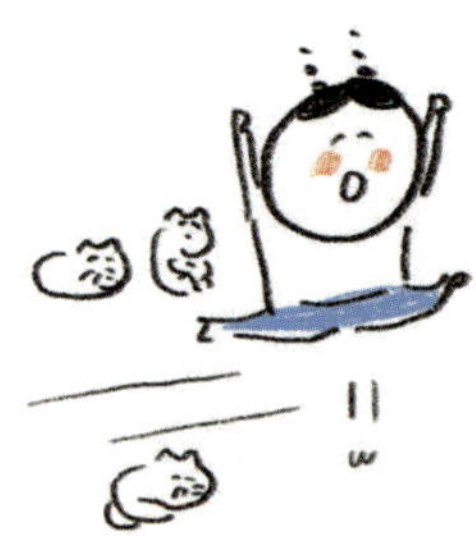

그러던 어느날, 휴가를 마치고 온 햇살 등장.
너무 너무 반가웠다!

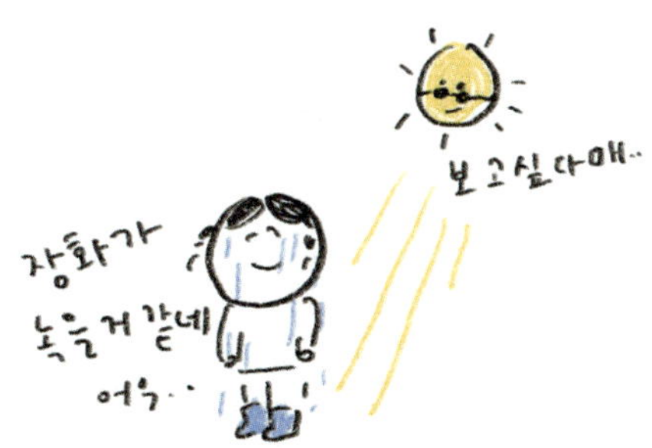

며칠 동안 기다리는 연락이 오질 않고,
종일 그 생각만 하며 시간을 보냈던 적이 있다.
어찌나 애가 타던지 이 생각 저 생각,
이 일 저 일을 하며 잊어보려 해도
자꾸만 떠오르는 생각 때문에
마음이 내내 가라앉았다.
마치 습기를 가득 머금은
여름 장마철 날씨처럼 말이다.

그러다 메시지가 반짝,
괜찮다는 한마디에
마음에 햇살이 쨍하게 비추듯 괜찮아졌다.
'나의 마음은 날씨를 똑 닮아있구나' 하고 생각하던 순간.

 마음 소화

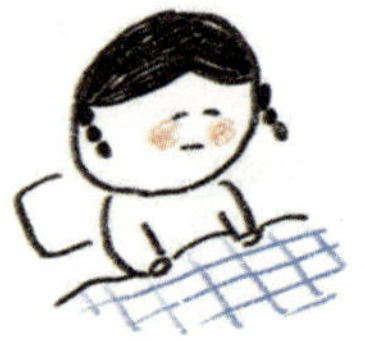

유독 처지는 날이 있다.

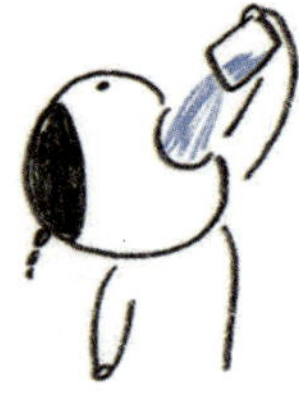

찬물을 들이켜 보아도

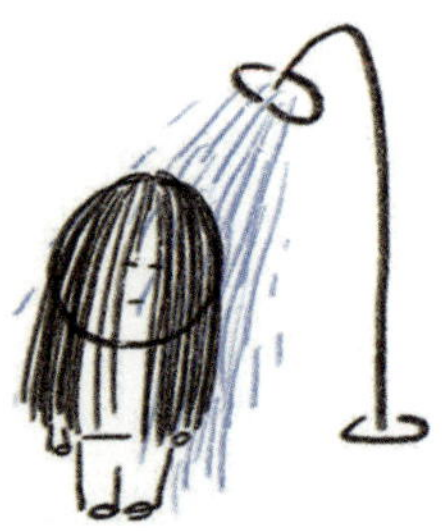

물줄기를 맞아 보아도 좀처럼 나아지지 않는다.

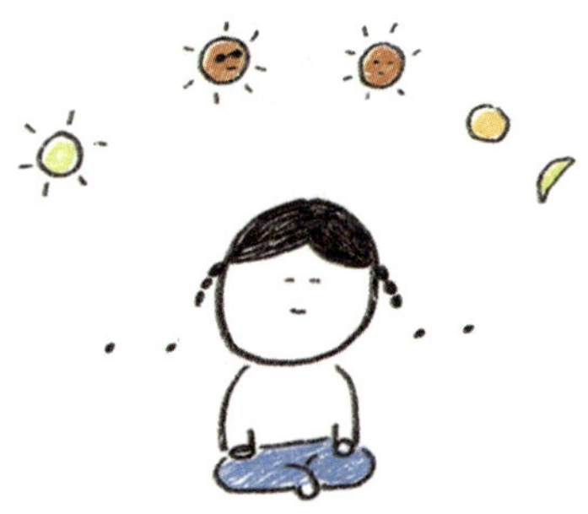

그렇게 하루를 멍하니 흘려보내고

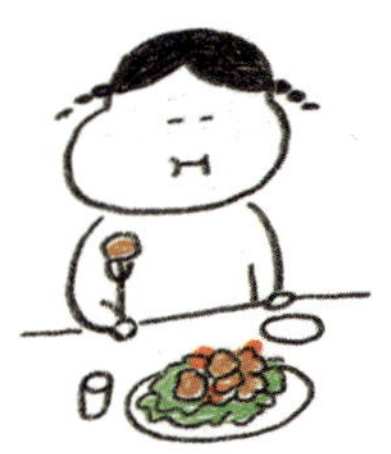

밥을 먹으며 이런 생각이 들었다.

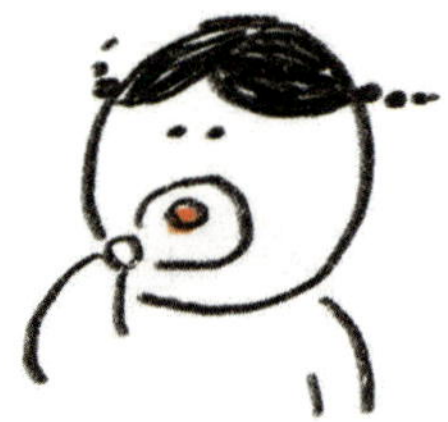

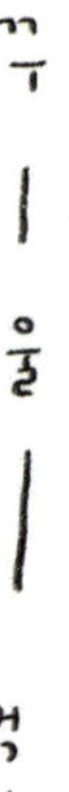
두 — 음 — 깨

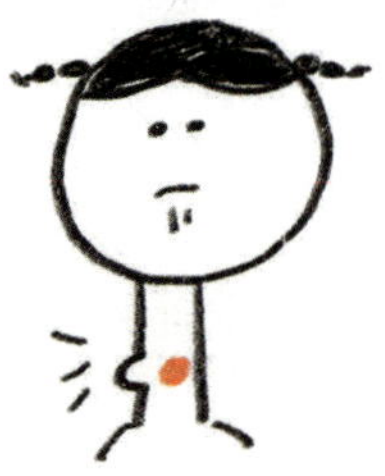

마음도 소화를 시켜야 하는구나.
조급하지 않게 천천히

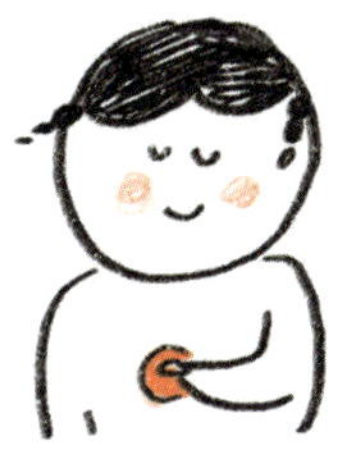

무료한 순간, 무료가 아닌 시간

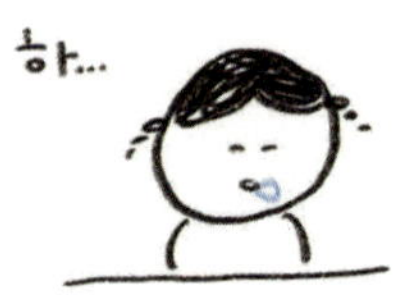

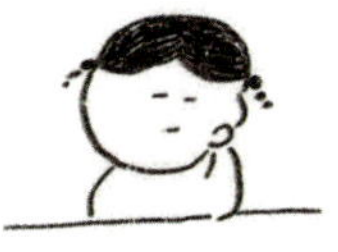

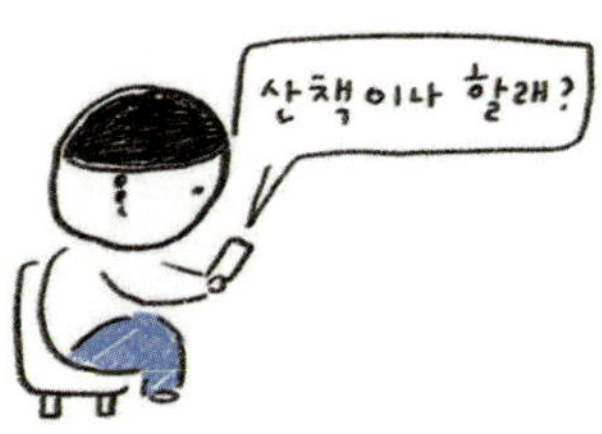

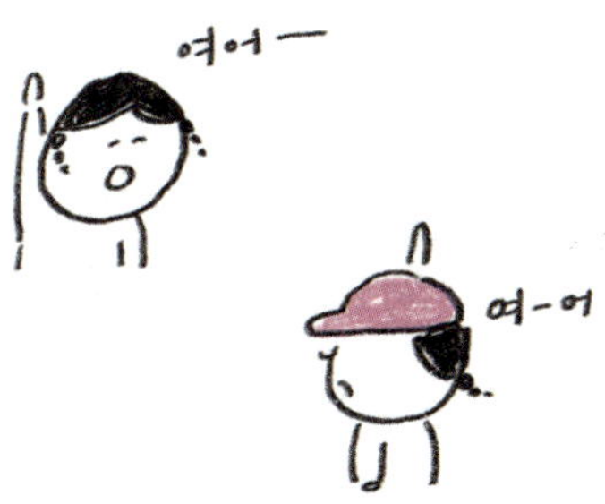

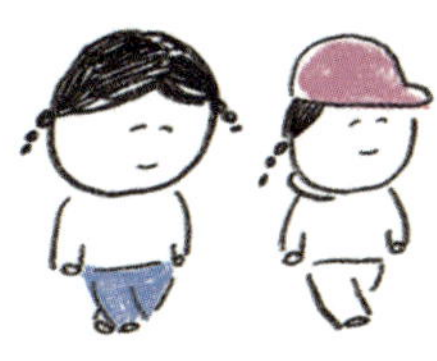

우리는 말없이 걷는다.

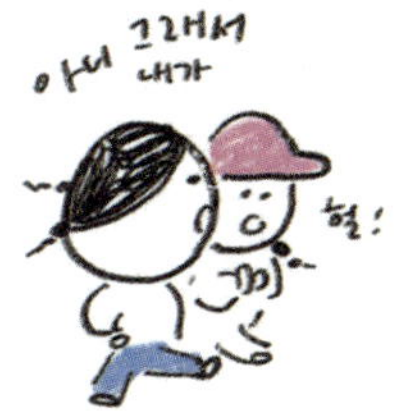

종종 살아가는 이야기를
나누기도 하며 뚜벅뚜벅.

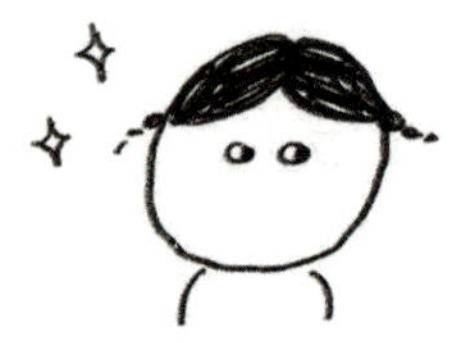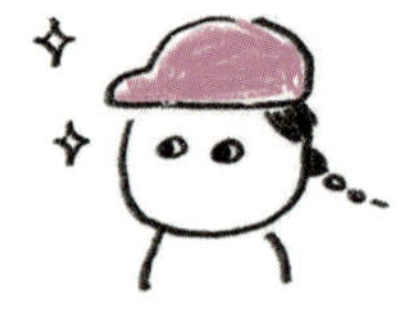

그러다 눈이 번뜩이는 순간!

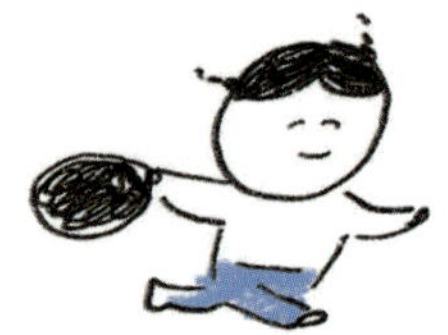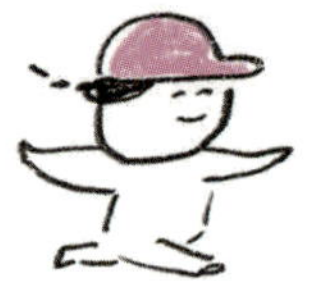

까만 봉다리를
달랑대며
아지트로 향한다.

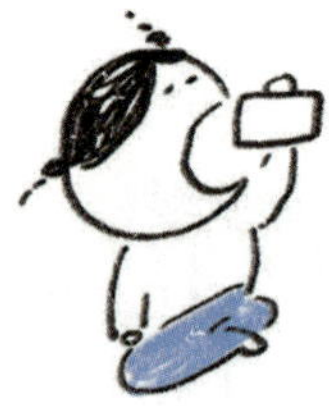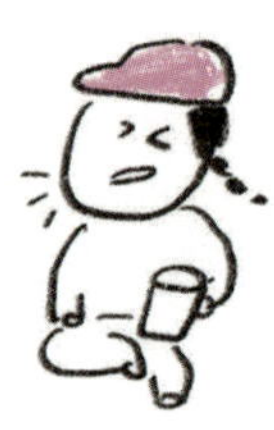

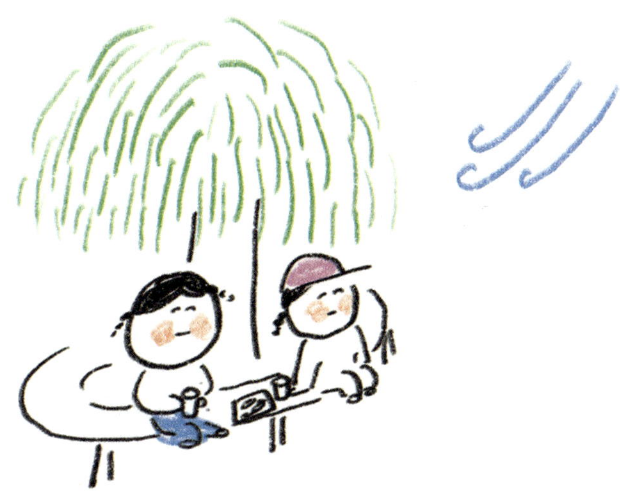

언젠가 그리워질 오늘의 날씨와
친구와의 시간을 가만히 느껴본다.

무료하던 순간이 어느새
값진 시간으로 변하는 기분은
말로 설명할 수 없이 행복하다.

우정 만만세!

 나를 챙겨 먹이는 일

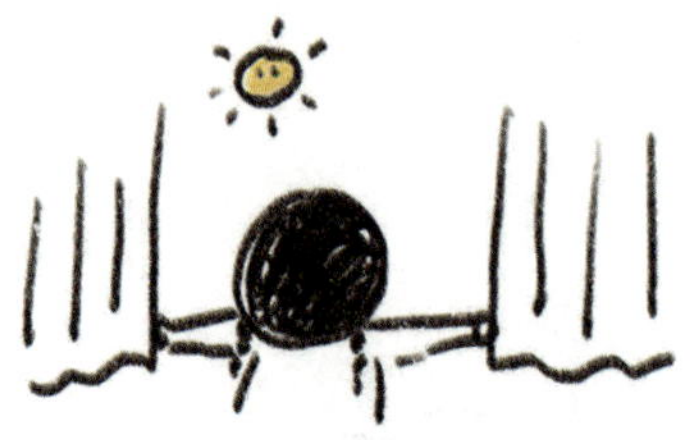

아침에 일어나 커튼을 활짝,
냉장고를 시원하게 열어젖힌다.

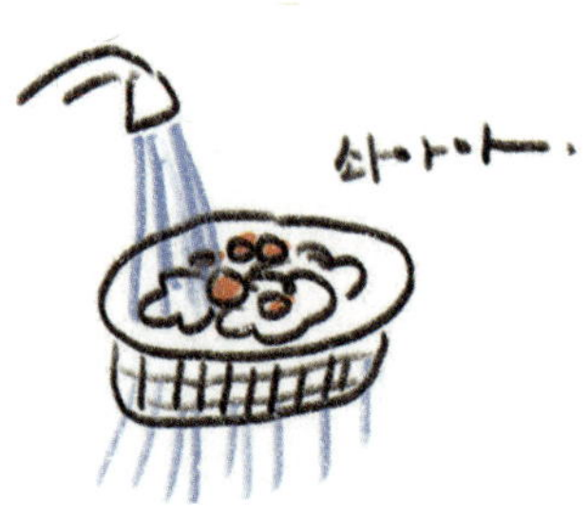

그리고 채소를 둥글둥글 씻어준다.

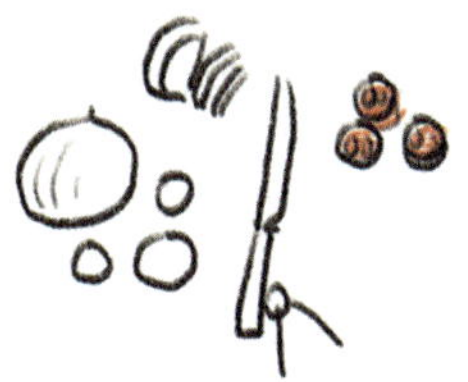

칼질을 하다 보면
절로 정갈해지는 마음.
마음을 가다듬어 준다.

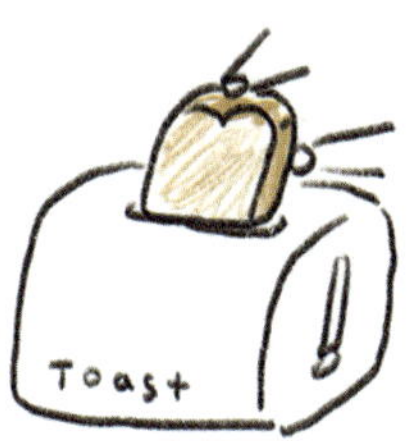

차곡차곡..

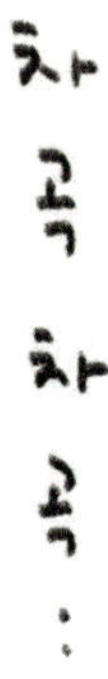
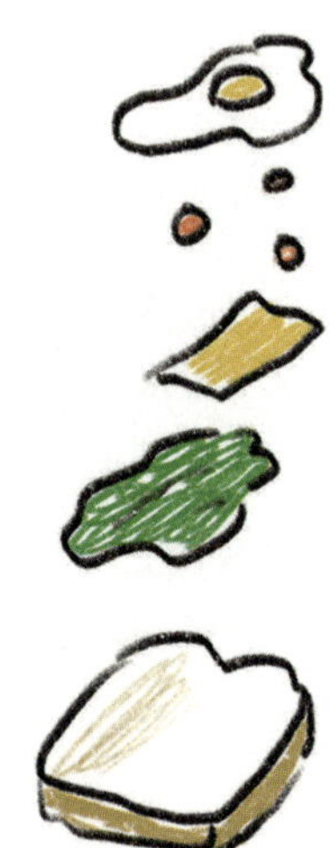

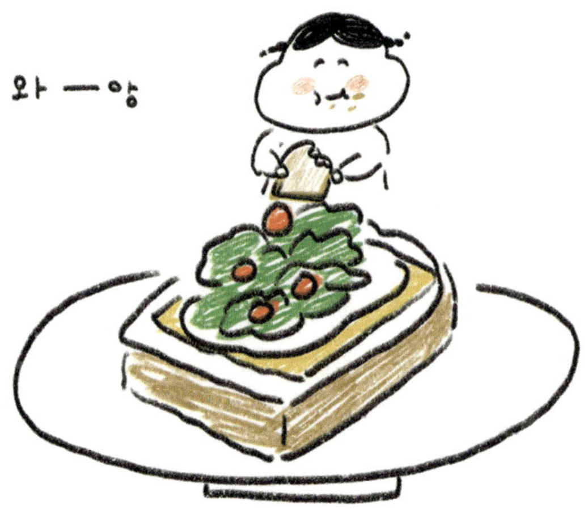

한입 크게 베어 물고 냠냠
무엇이든 괜찮아지는 순간
차곡차곡 쌓아가는 일상과
나를 잘 챙겨 먹이는 일은 중요하다!

 빵과 수프 같은 사람

언젠가 곁에 누군가가 있다면
빵과 따끈한 수프 같은 사람이기를 바랐다.

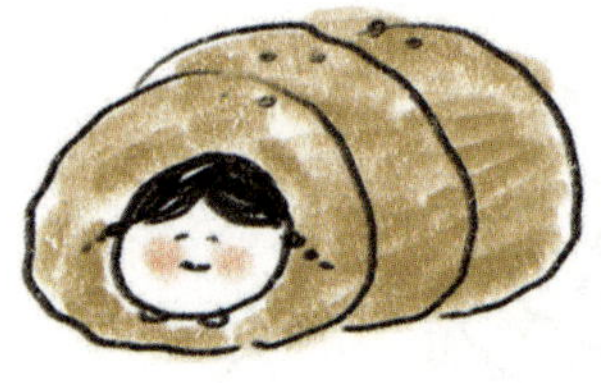

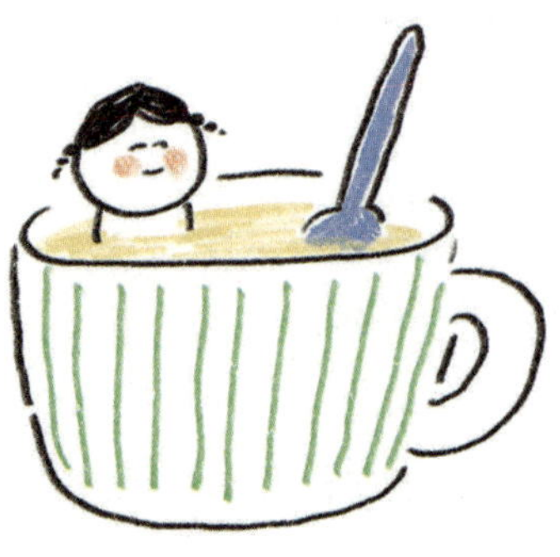

따끈한 수프는
단단히 뭉친 마음을
녹여주겠지.

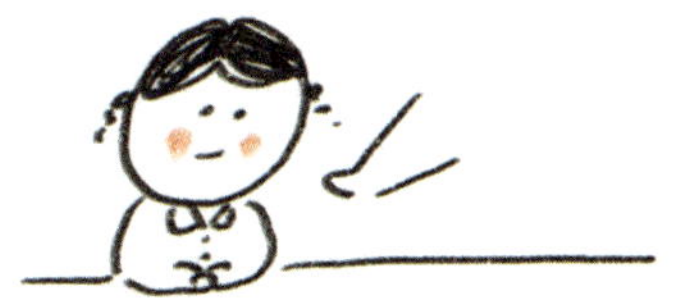

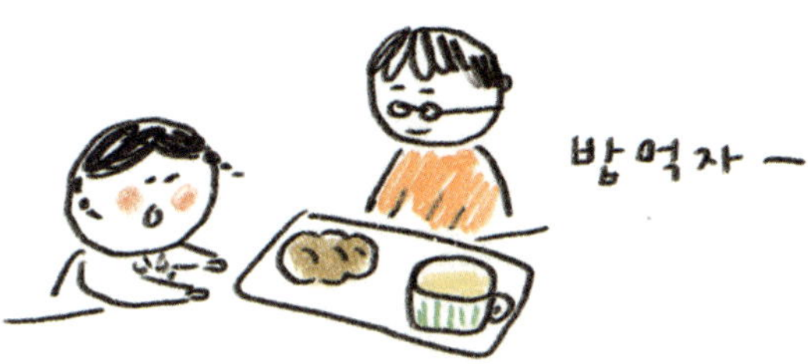

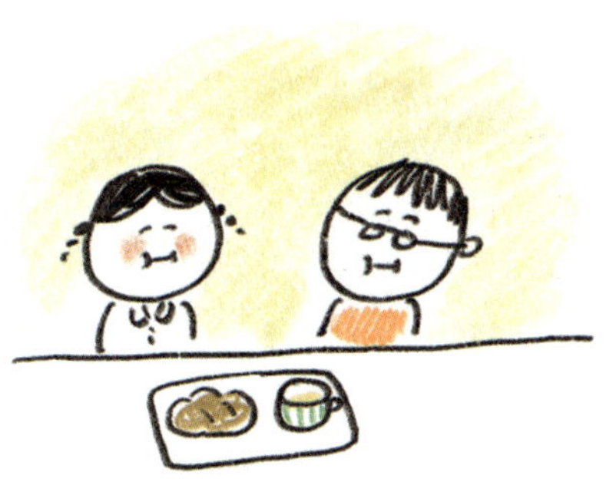

푸근한 미소가 꼭 빵과 수프를
빼닮은 사람을 만났다.

 햇살과 식빵

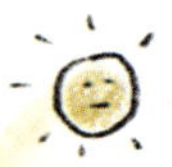

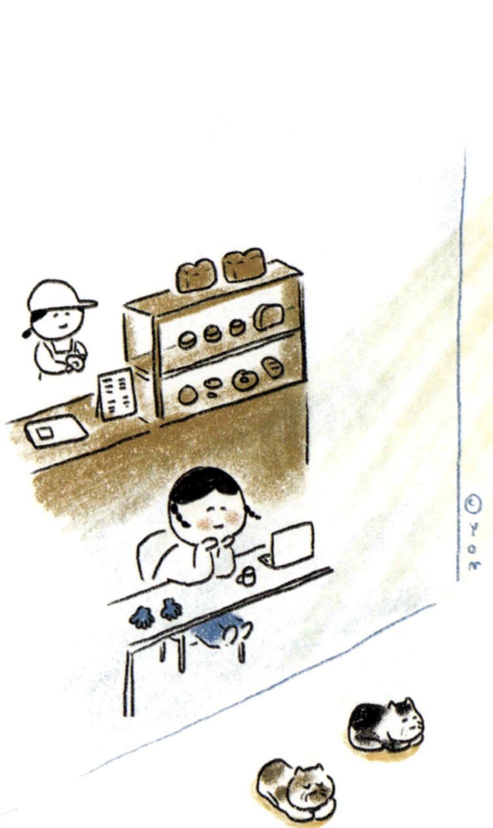

초겨울이 지나 겨울로 가는 길목,
산책이 어려울 때는 동네 단골 빵집으로 향한다.
빵집의 커다란 유리창은 늘 깨끗하게 반짝인다.
여름이건 겨울이건 햇살이 유리창 가득 퍼지면
마음의 창에 햇살을 비추는 느낌이 든다.

빵집 문을 열면 햇살을 닮은 보송한 빵들이
방실방실 웃고 있는 것만 같다.
다정한 빵 사장님은 오늘의 안부를 물어준다.

오늘의 빵을 고르고,
햇살이 가장 잘 드는 창가에 앉아 창밖을 내다본다.
혼자만의 공간에서 작업을 하다 보면
자꾸 마음이 안으로 안으로 파고든다.
이 넓은 유리창 안에서 밖을 바라보니
숨이 통하는 기분이 들었다.

노랗게 들어오는 햇살에
종일 축축하던 마음을 말려본다.
동네 고양이들도 하나둘 햇살 아래로 모여들고,
따로 또 같이 햇살을 맞으며 포근함을 만끽하는 오후.
마치 노릇노릇 구워지는
식빵이 된 것만 같은 기분.

  얼리벌레 라이프

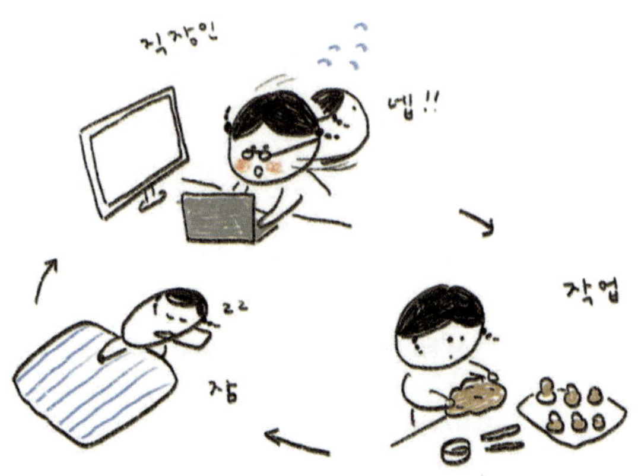

어떻게 흘러가는지 모르겠는 매일

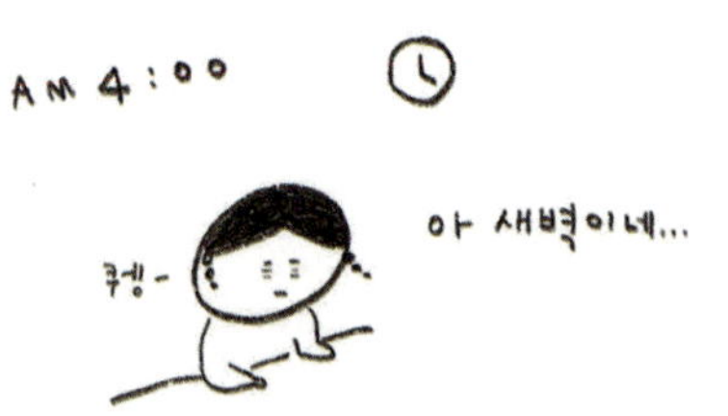

뒤척이다 일찍 잠에서 깬다.

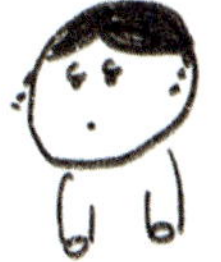
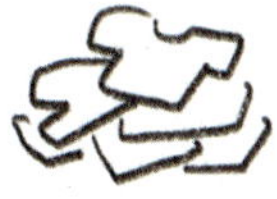

어제 처리 못한 일들이, 생각들이
몽글몽글 피어오른다.

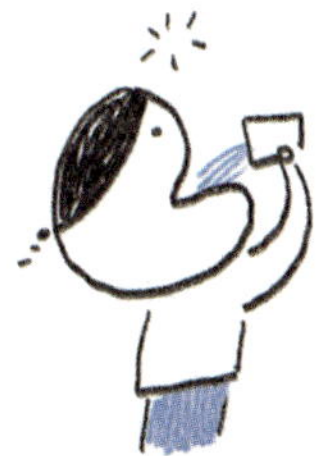

물을 마시다 문득!

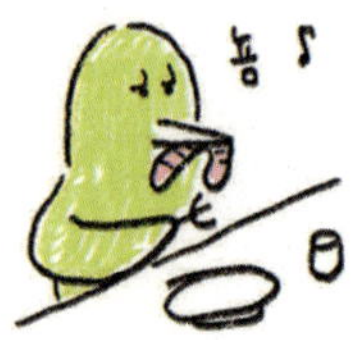

일찍 일어난 새는 벌레를
제일 먼저 잡아 먹는다는 말이 떠올랐다.

그럼 일찍 일어난 벌레는?

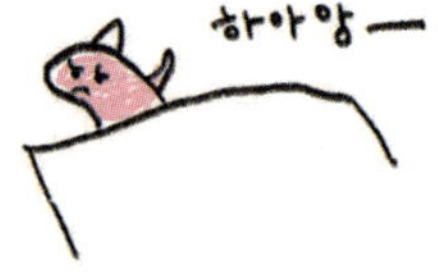

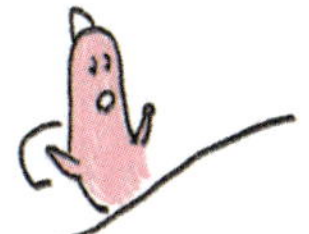

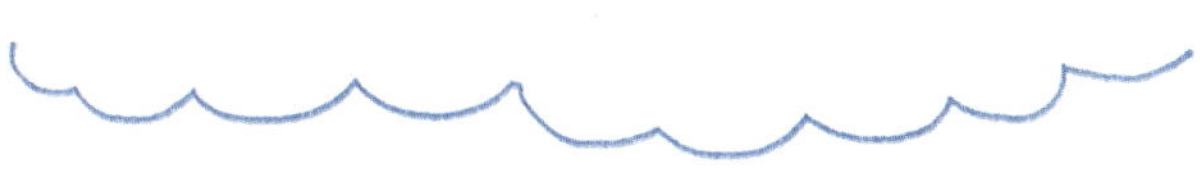

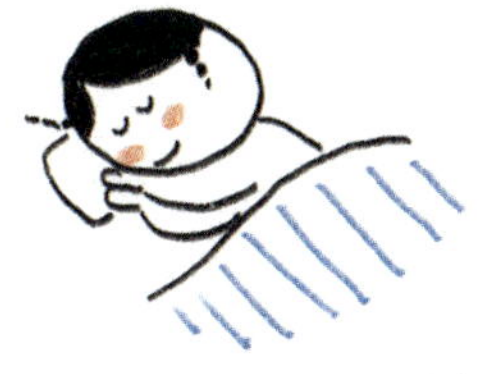

하고 생각하며

일단은 좀 더 자는

얼리벌'레 라이프를

실천 중

  손 움직이기 운동본부

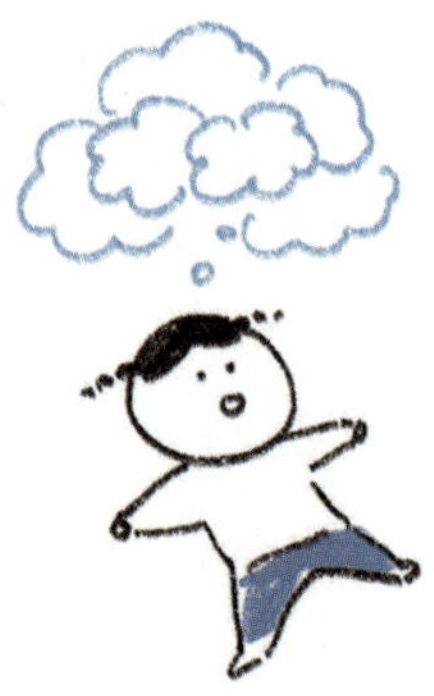

머릿속이 종일 복잡한 날엔

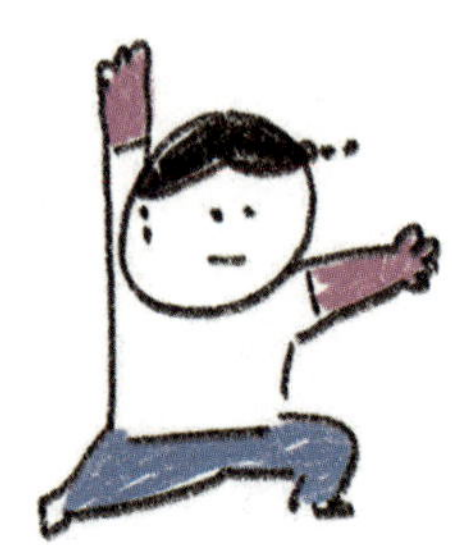

손을 크게 움직인다.

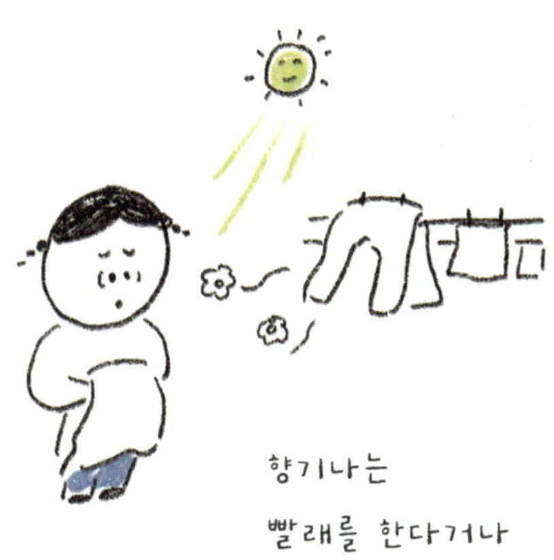

향기나는

빨래를 한다거나

맛있는 걸 만들어 먹는다거나

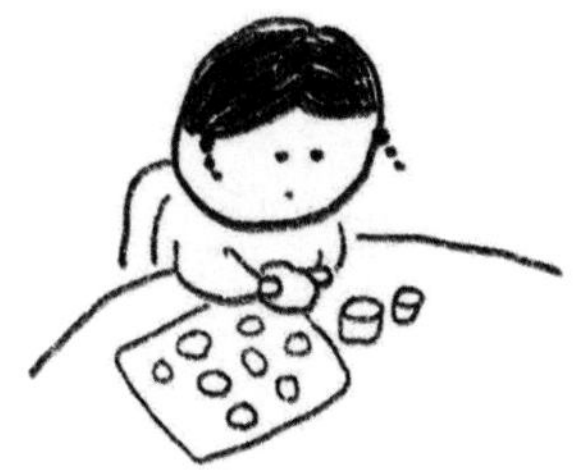

흙을 조물딱거리다 보면 어느새..
지쳐서 잠에 빠진다.
손을 움직이는 일은
진빠지고 좋은 일.

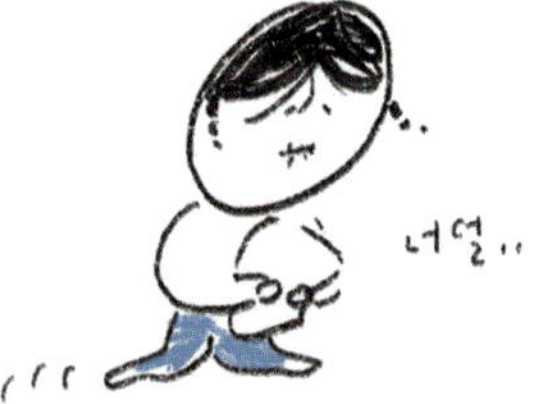
너얼..

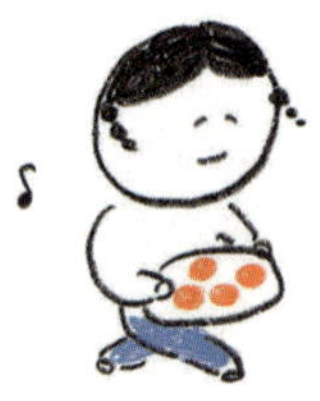

홍시를 얻어왔다.

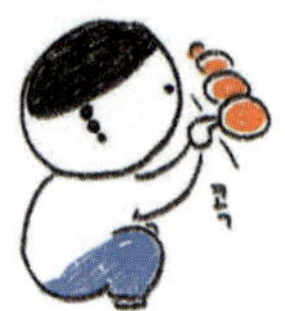

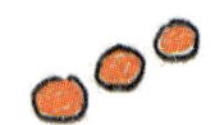

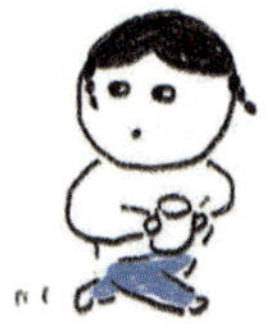

홍시가 조금 더
말랑해지길 바랐다.

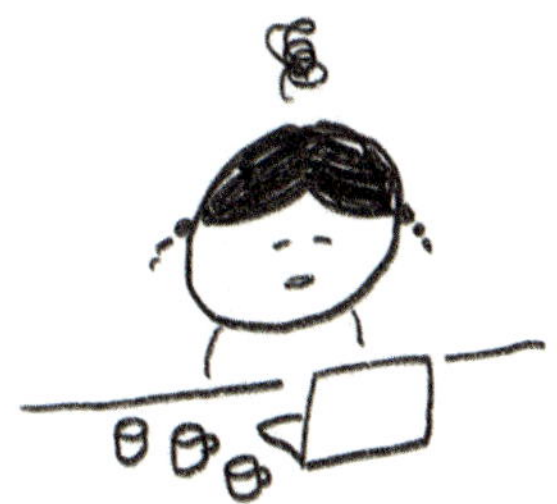

간식이 필요한 시간

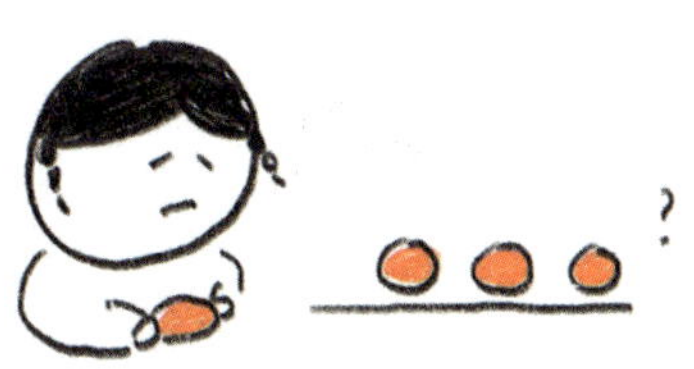

홍시를 확인해봤는데..
조금 더 말랑해지면 좋겠다고 생각했다.

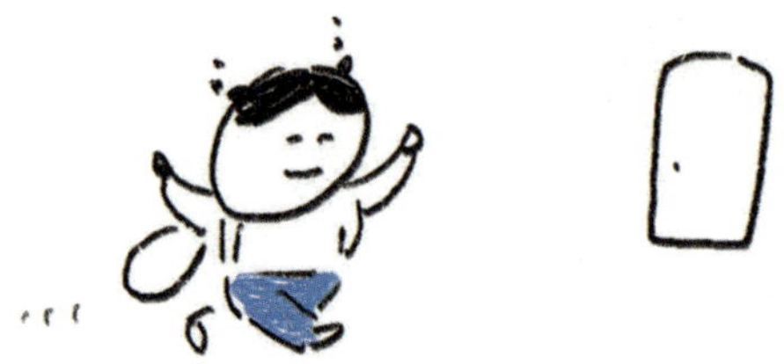

하루 종일 홍시 생각만 하다 달려온 집

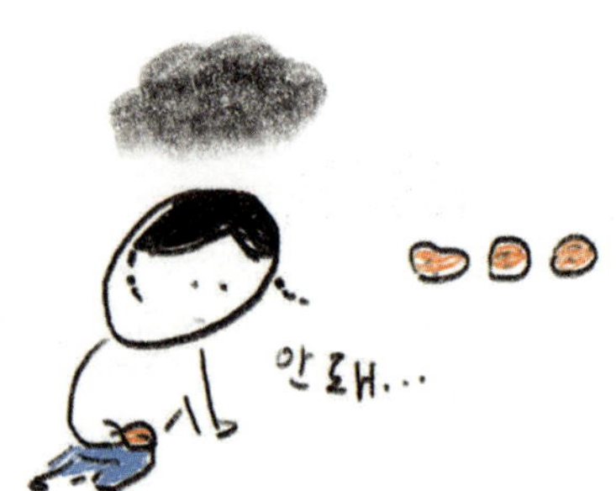

146

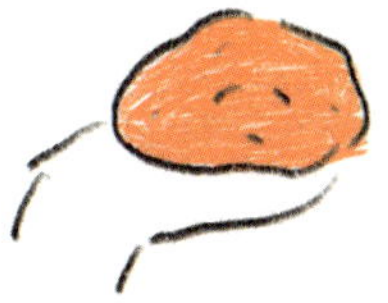

소중한 홍시는 그만 쪼그라들고 말았다.

옛말에 '아끼면 똥된다'라는 말이 있듯,
모든 것에는 다 적당한
때가 있기 마련.

산과 개미

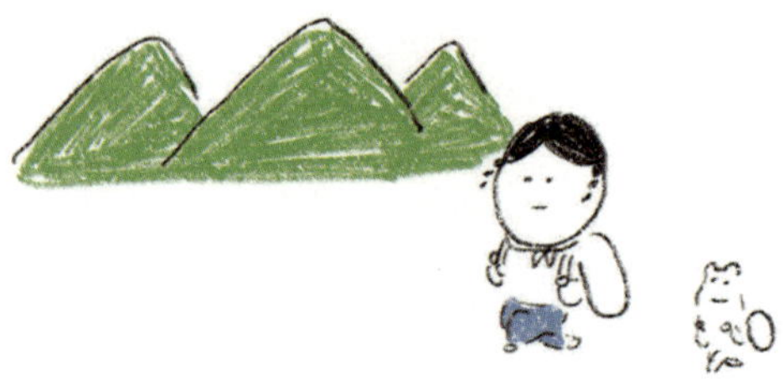

오랜만에 등산길에 올랐다.

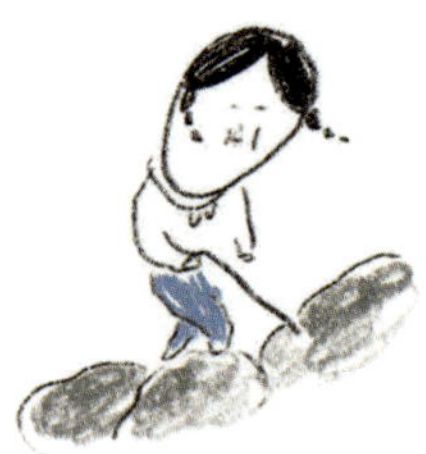

오르막길은 너무너무
힘들었고,

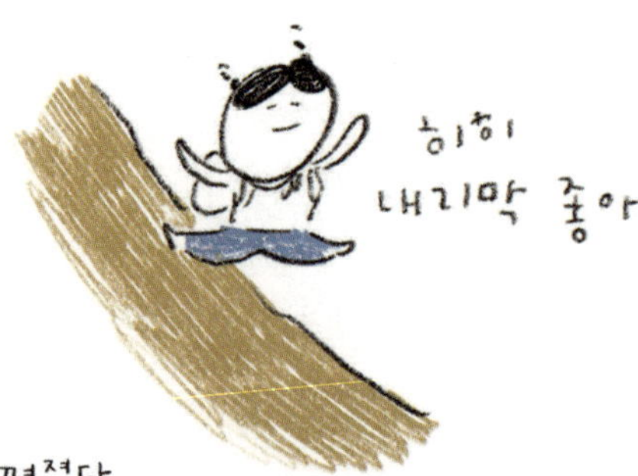

내리막길은
살만하다고 느껴졌다.

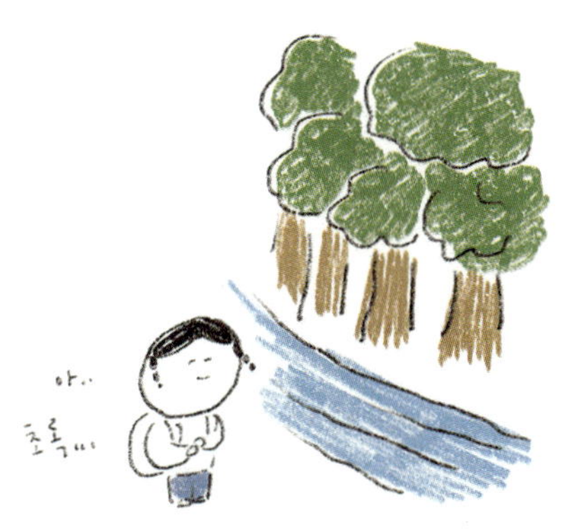

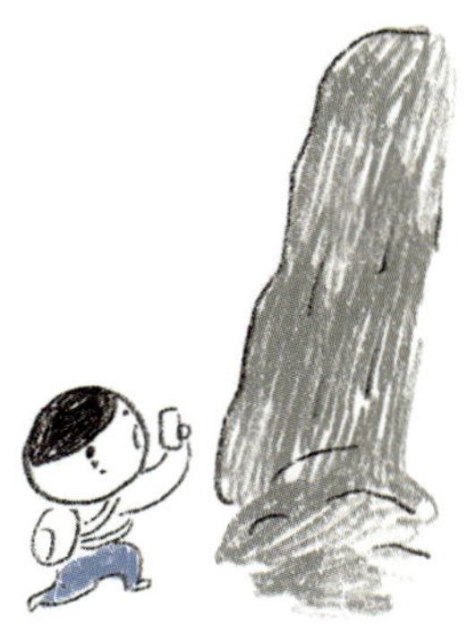

오르막과 내리막의 환장콜라보 속에서도
틈틈이 아름다움을 즐겼다.

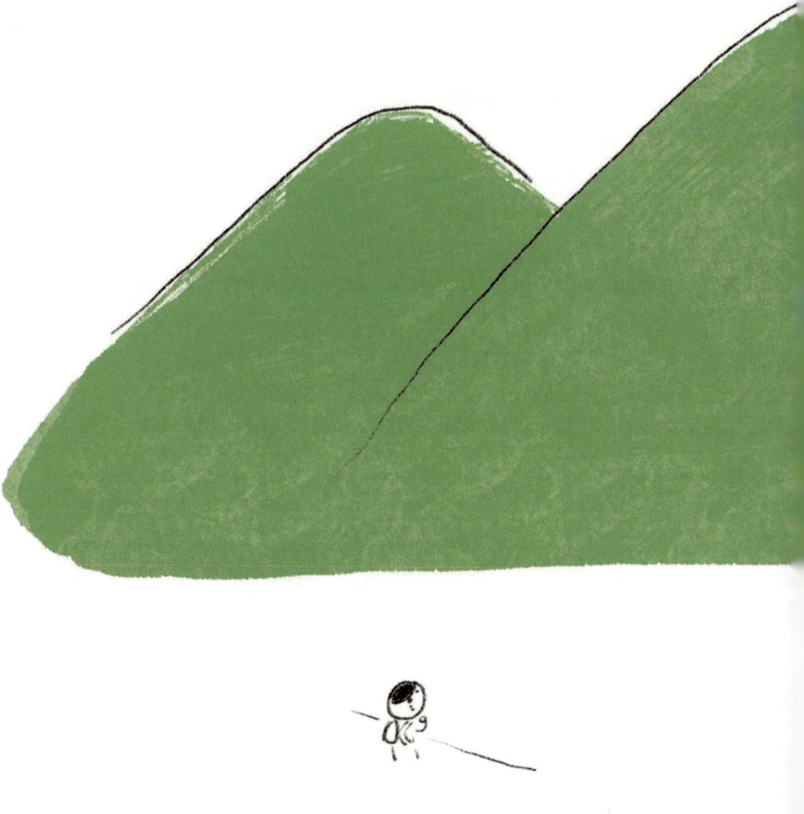

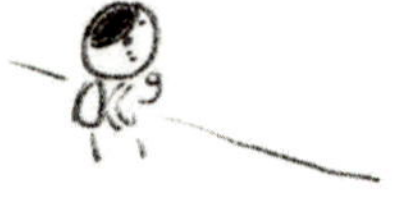

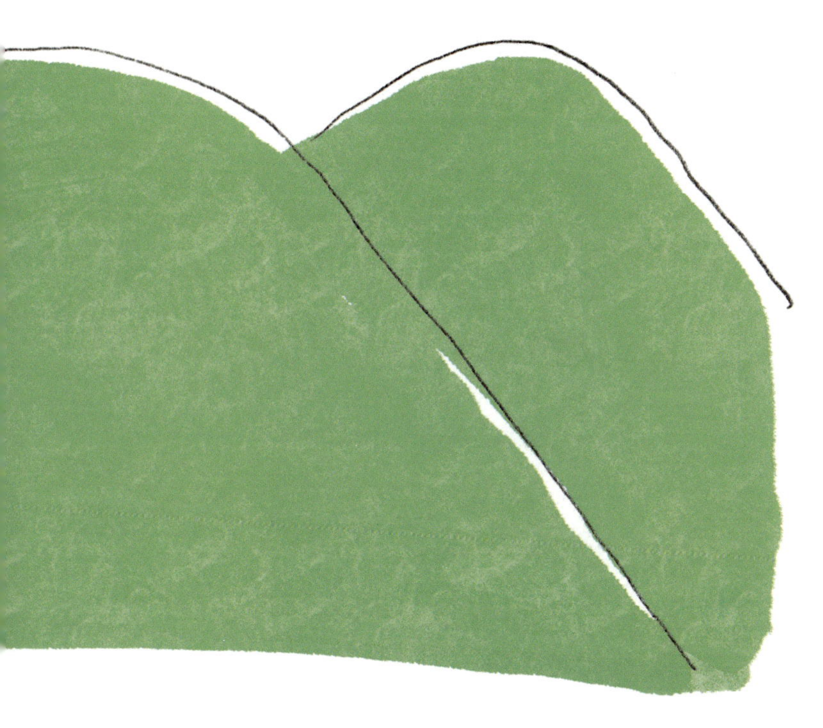

커다란 산 앞에서
나는 작디 작은 개미같이 느껴졌다.

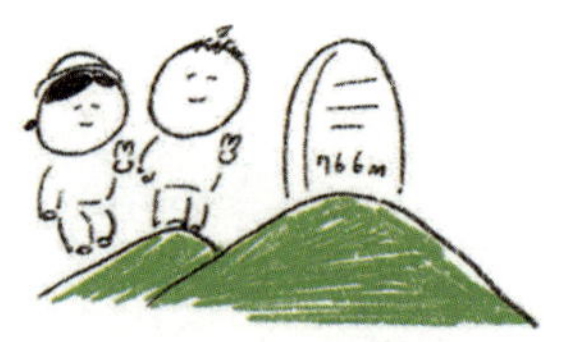

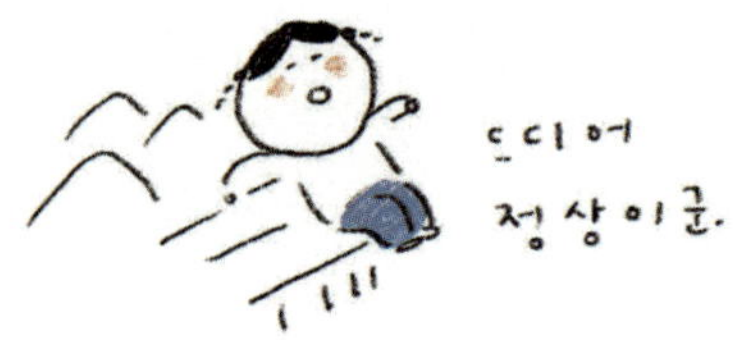

막상 오르고나니
정상을 찍고 안 찍고는
중요하지 않다는 걸 깨달았다.

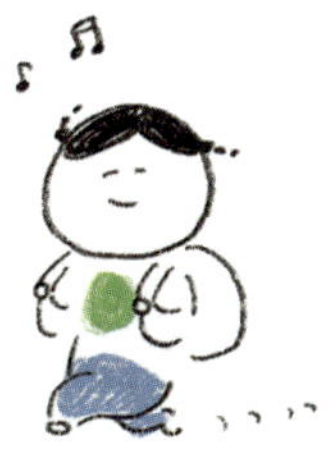

마음에 담긴 초록으로
일상을 버틸 힘이 가득
채워졌기 때문에!

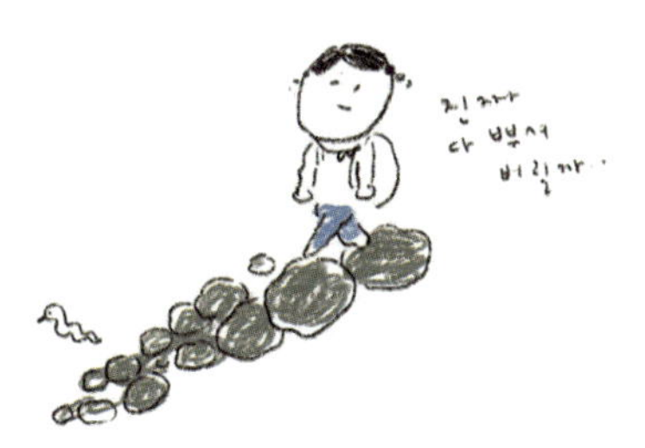

내려오는 길이
온통 짱돌밭이라 다시
열받은 것은 비밀....

쬐꼬만 행복 세 컷 〈산과 책 그리고 산책〉

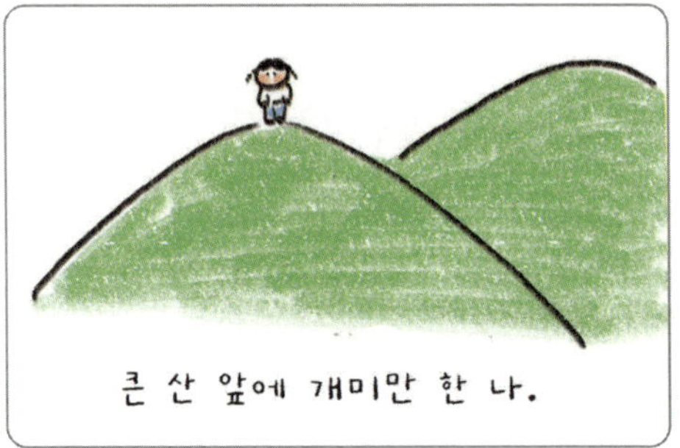

큰 산 앞에 개미만 한 나.

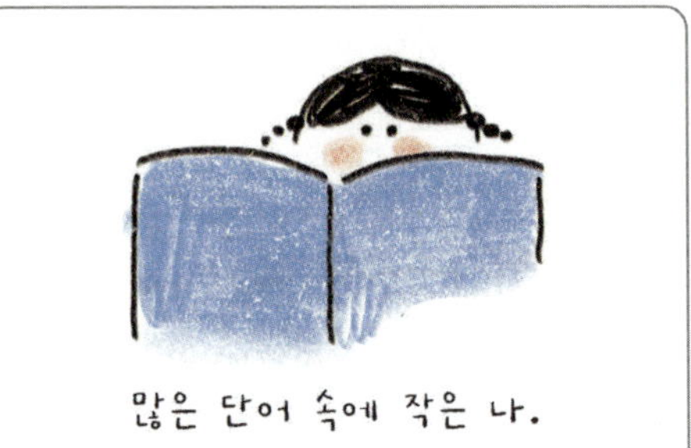

많은 단어 속에 작은 나.

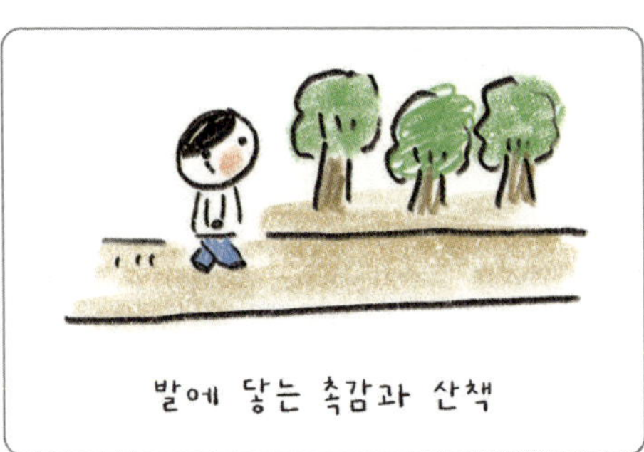

발에 닿는 촉감과 산책

온통 초록으로 뒤덮인 초여름의 숲을 좋아한다.
숲속을 걷다 보면 나는 마치 작은 개미가 된 듯
하늘과 산을 연신 올려다보며 걷는다.
초여름의 나뭇잎은 햇빛이 투과하여
옅은 연둣빛으로 반짝인다.
분명 반짝임이 느껴진다.
하늘은 온통 연둣빛으로 뒤덮이고,
마음에도 평화로움이 번진다.
연둣빛의 잎사귀와 나무들이 모여 산을 이룬다.
산 앞에서는 내가 한참 작아지는 기분이 좋다.
가장 작은 내가 가장 높은 꼭대기에 올라
숨을 크게 내쉰다.

책 속에는 내가 좋아하는 것들이 많다.
단어, 문장, 글자, 다정한 마음들.
책을 읽다 보면 걷고 있다는 생각이 든다,
글자 위를 뚜벅뚜벅 눈으로 따라 걷다 보면
복잡하던 머릿속이 조금은 정돈되는 것 같다.

산책에 나선다.
무작정 걷다 보면 만나는 산책길
식물과 동물들, 나의 숨소리에 집중하는 시간.
걷고 걷고 또 걷다 보면
어느새 머릿속을 가득 채웠던 걱정도 사라진다.
산책길 위에 걱정을 내려두고
앞으로 앞으로 걸어간다.

마음 찜질방

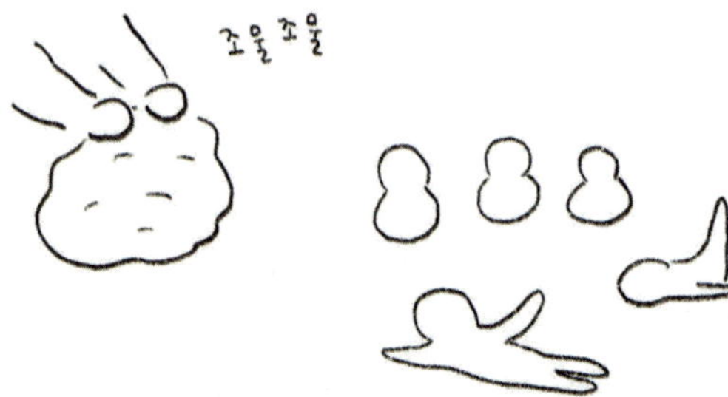

말랑한 마음을 만든다.

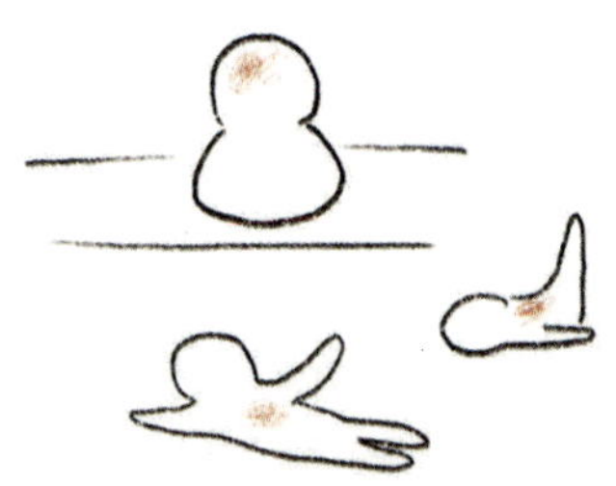

말랑한 마음에 찜질을 한다.

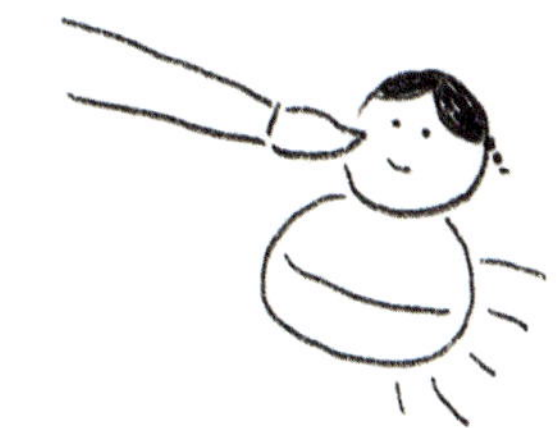

마음에 곱게
색칠을 하고,

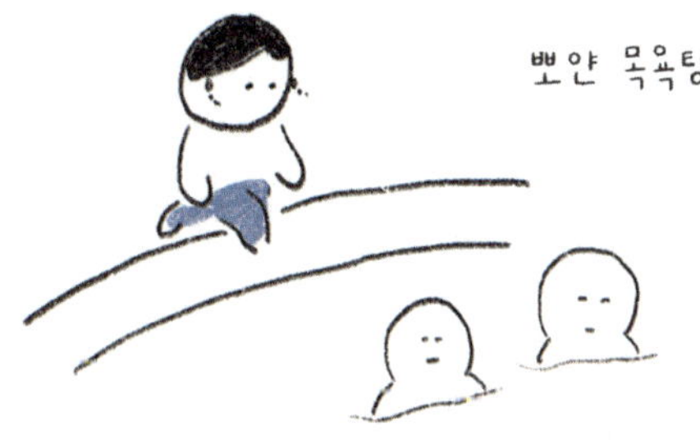

뽀얀 목욕탕에 풍—덩

찜질을 마치고 나면
마침내 단단한 마음이 된다.

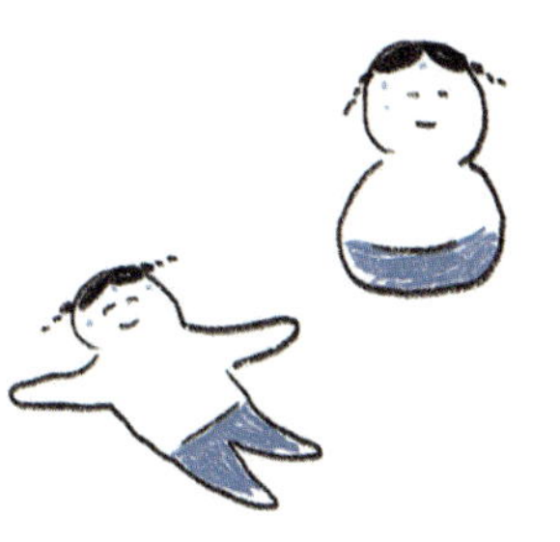

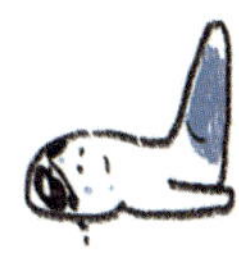

 새벽 걸음

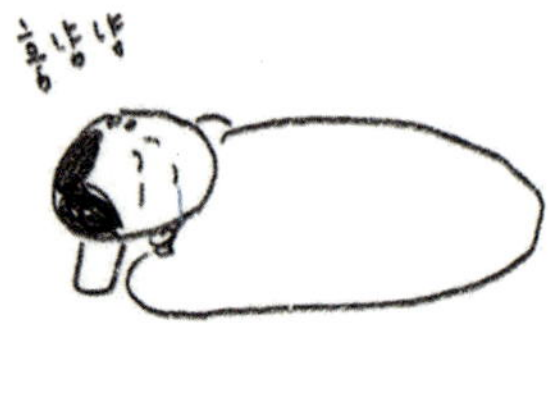

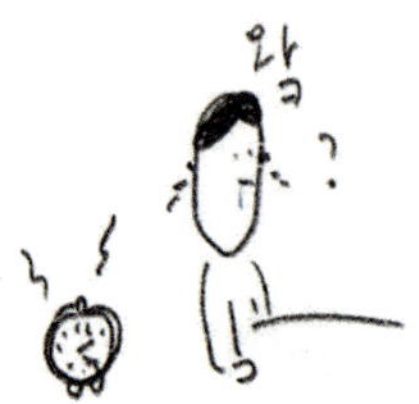

깨어나긴 했으나

기분이 몹시 별로였다.

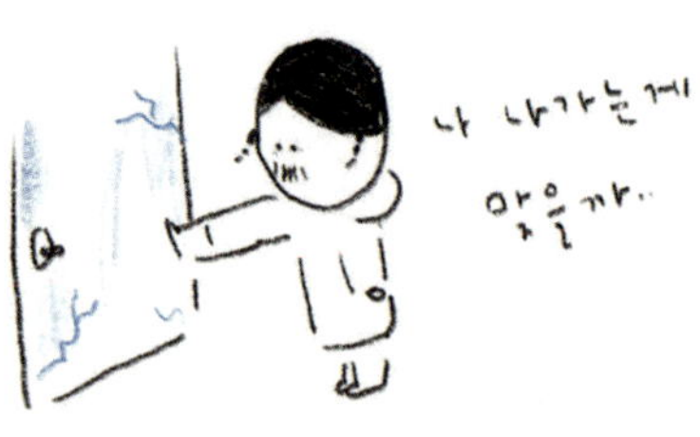

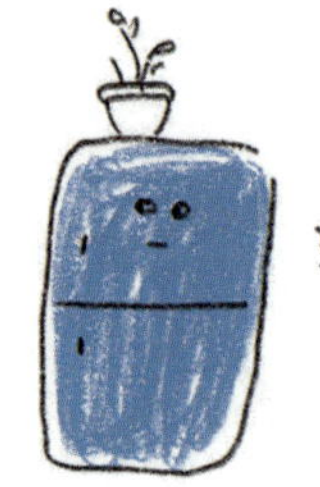

그 짧은 순간에 가지 않을

방법과 오만 생각이 밀려들었다.

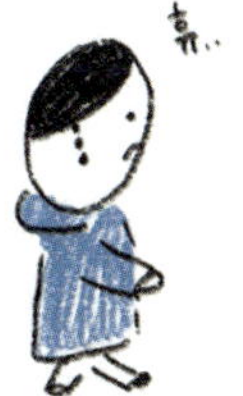

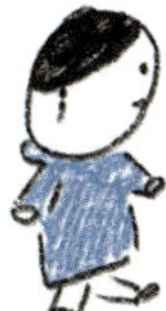

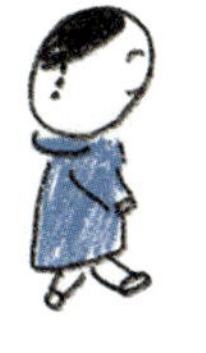

일단 걷는다. 걷다 보면 서서히
괜찮아진다. 아주 서서히

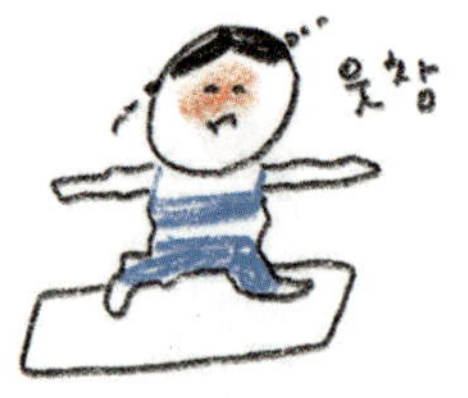

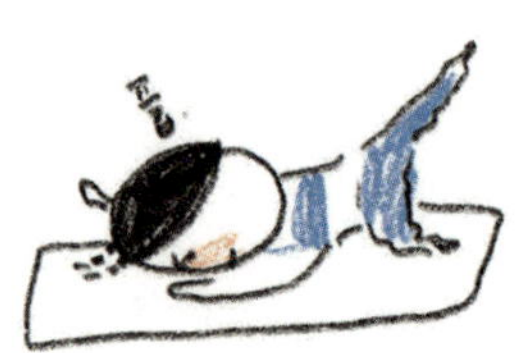

나는 내 모습이 상상돼서
자주 웃음이 터진다.

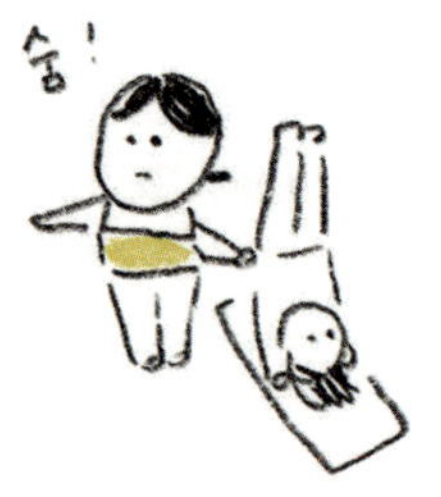

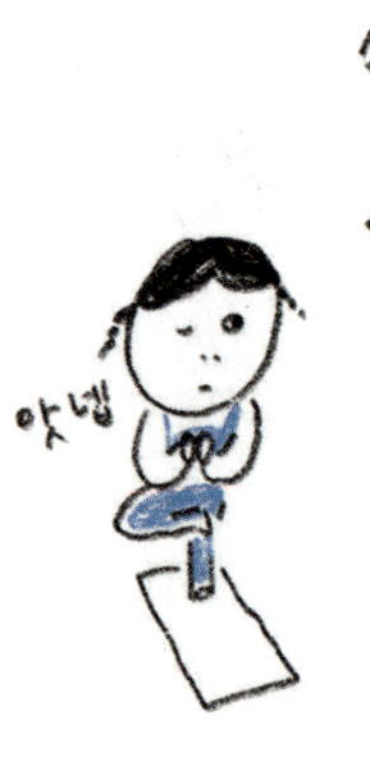

우스꽝스러운 나를
마주하는 일이
어쩐지 힘빠지고 좋다.

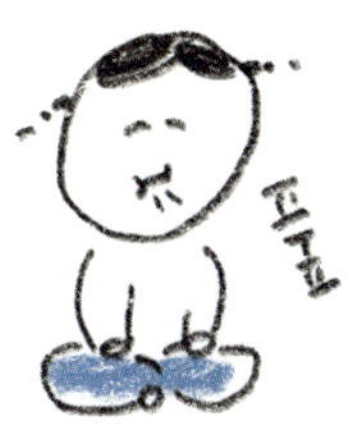

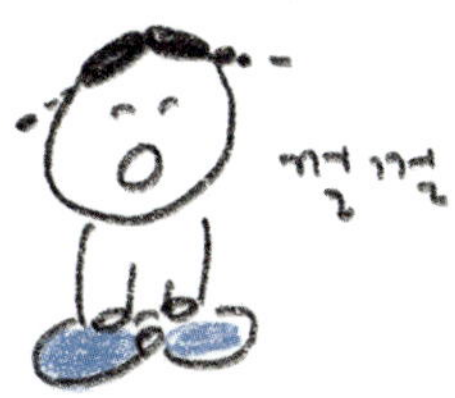

실수하면 실수한 대로
피식 웃어버리면 될 일이지
심각할 게 뭐 있어!

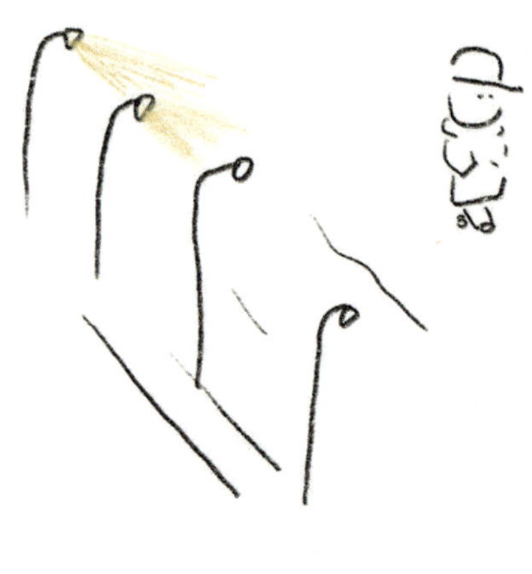

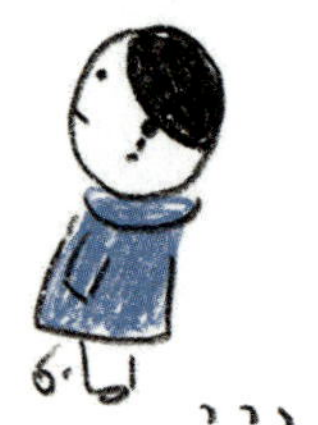

운동을 마치고 돌아가는 길엔
별 생각이 들지 않는다.
새벽을 밝히던 가로등 불이 꺼지는구나,
아침이 오는구나.

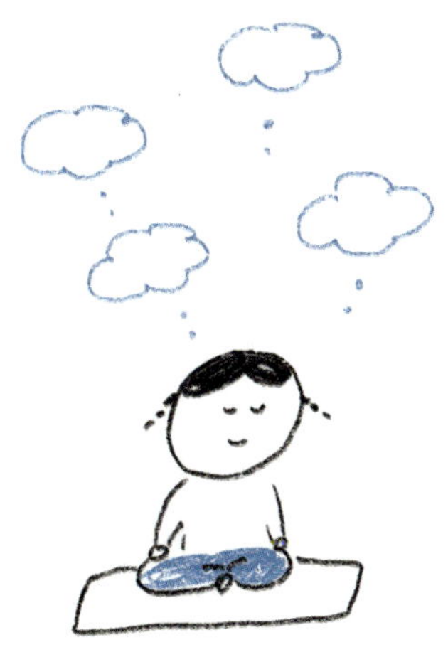

연습을 하다 보면 나아지겠지.
요가도, 복잡한 생각들도.

 불변의 법칙

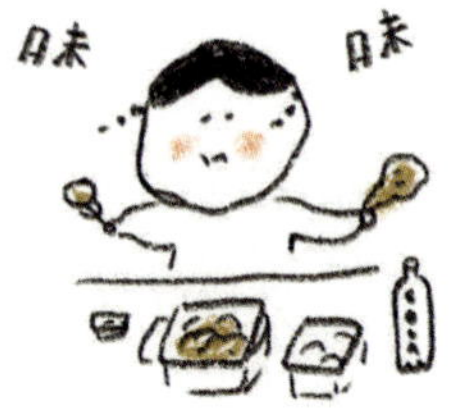

맛있는 치킨을 냠냠

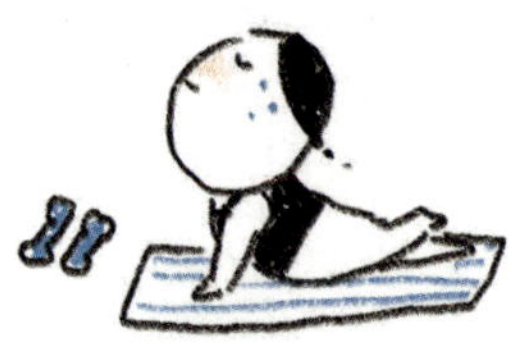

요가를 하고 자면 왠지
살이 덜 찔 것만 같아서 좋다!

다음 날..

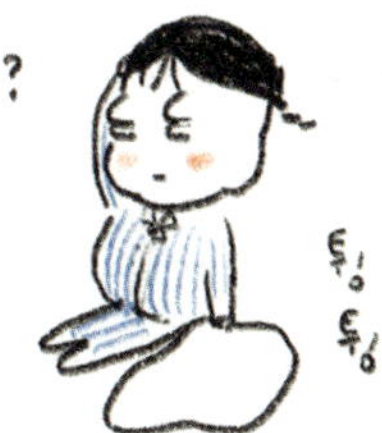

무언가 잘못되었다.

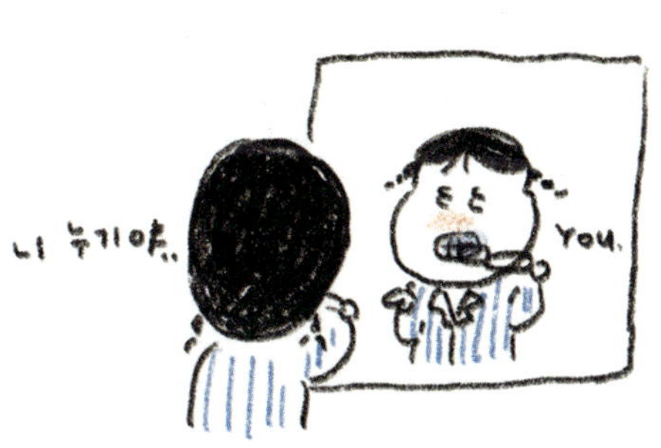

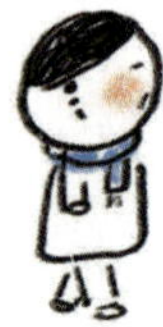

겨울을 걷다 보면

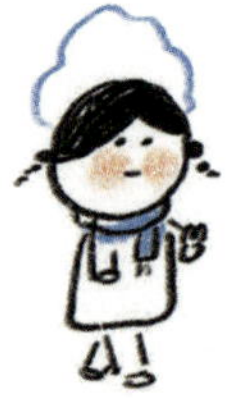

하얀 모자가 생긴다.

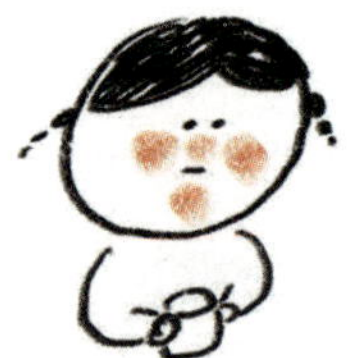

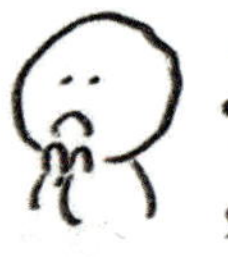

얼굴이 쉽게 빨개져서 사람들을
놀라게 하기도 한다.

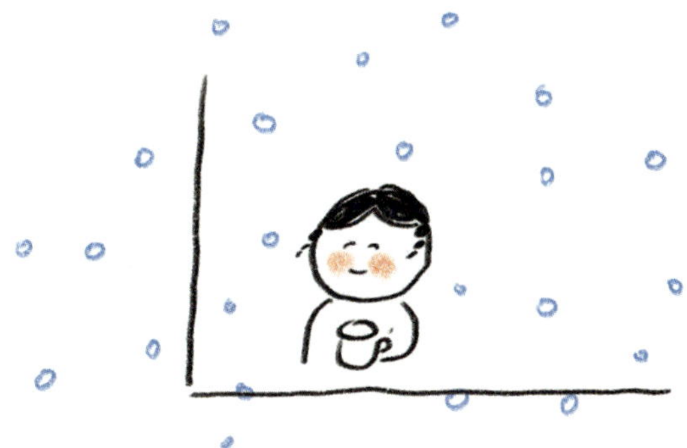

그래도 제일 좋은 순간은 커다란 유리창 앞에서
눈내리는 것을 바라보는 일

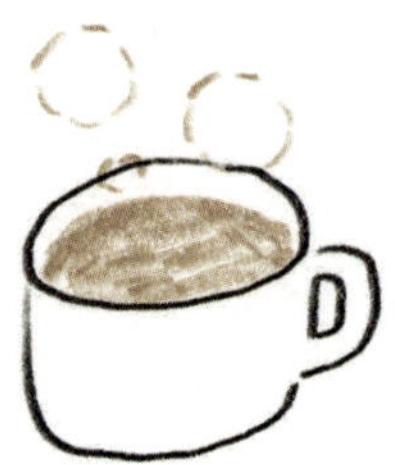

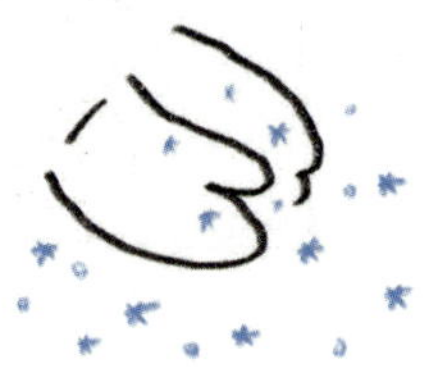

뜨거운 김 풀풀 나는 핫초코도 좋고
장갑을 털어내면 별사탕 같은 눈이
호도독 떨어지는 것도 좋다.

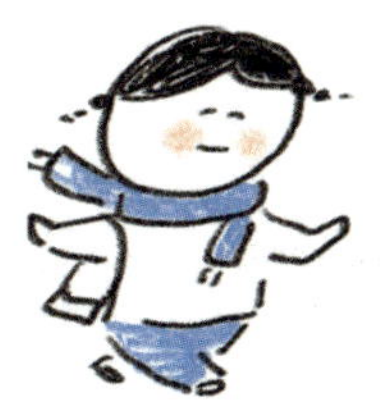

따뜻함을 채우고
길을 나서면 추워도
그리 춥지만은 않다.

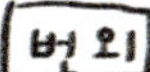

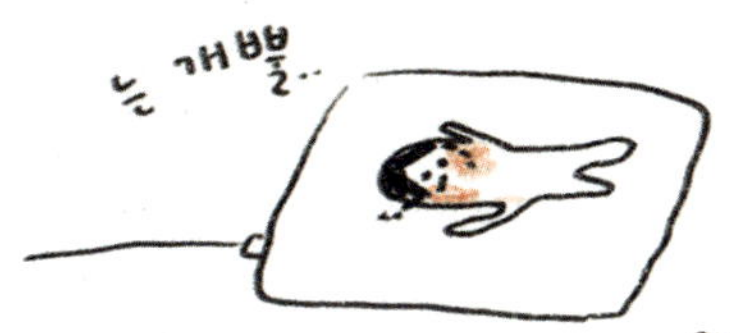

  엄마와 목욕탕

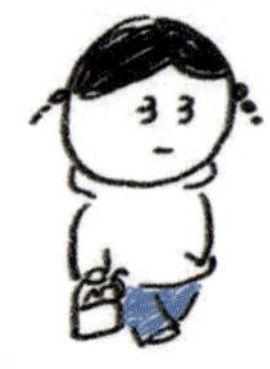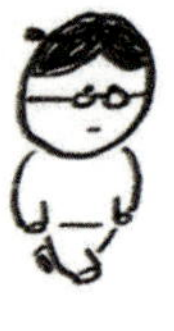

주말 아침 엄마와 목욕탕에 간다.

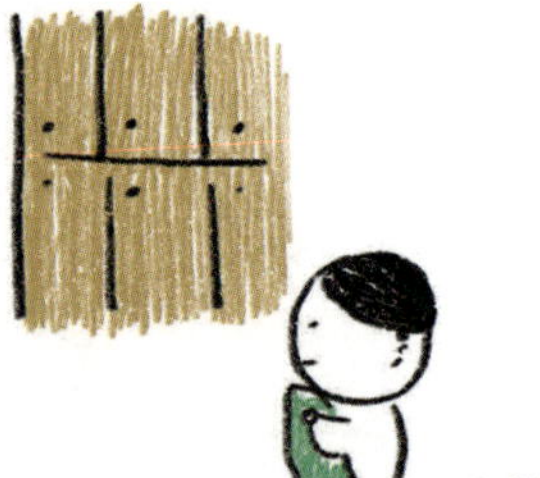

알몸은 여전히 부끄럽다..

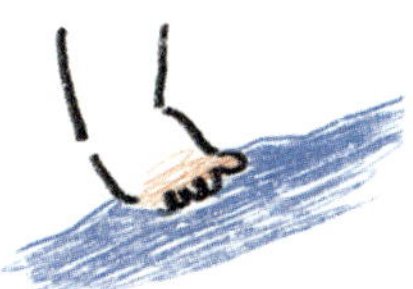

그리고 제일 긴장되는 순간,

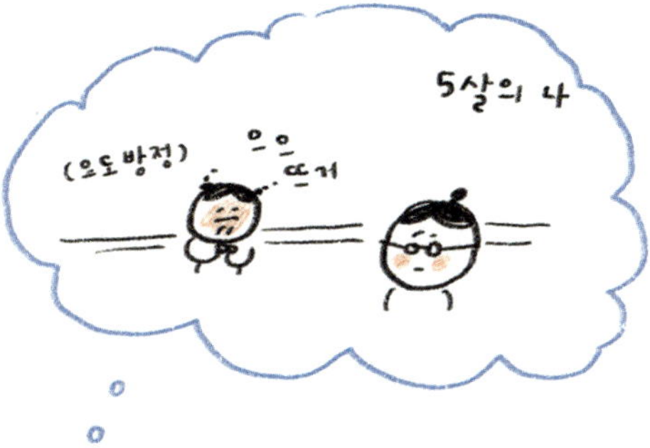

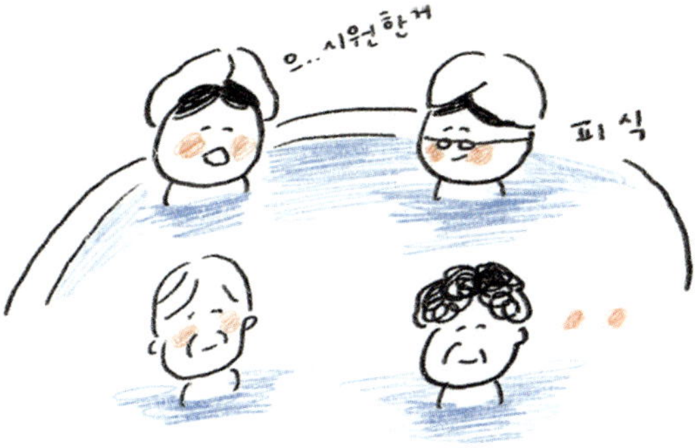

온탕에서 세월을 실감한다.

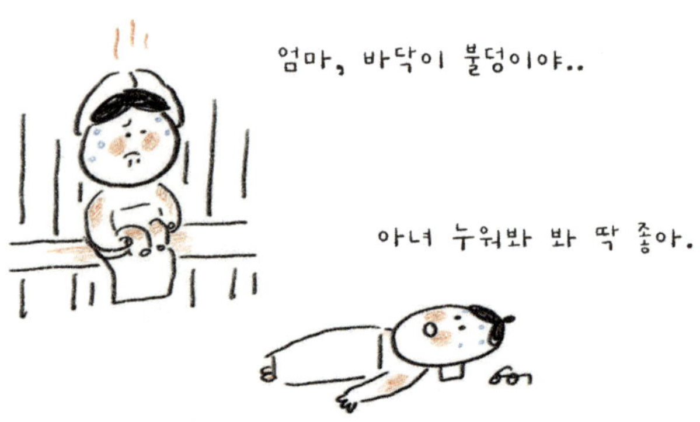

'시간이 조금 더 지나면 나도
　　　저 기분을 알게 되겠구나.'

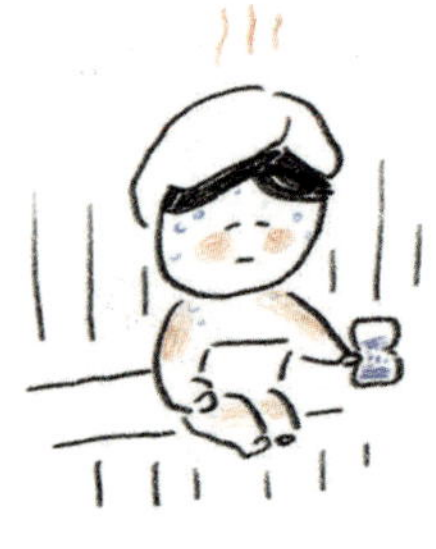

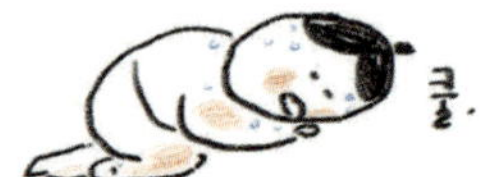

엄마의 벌건 등을 보며 생각했다.

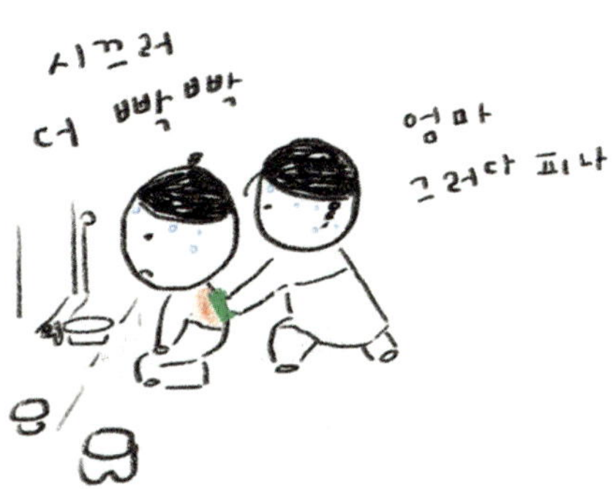

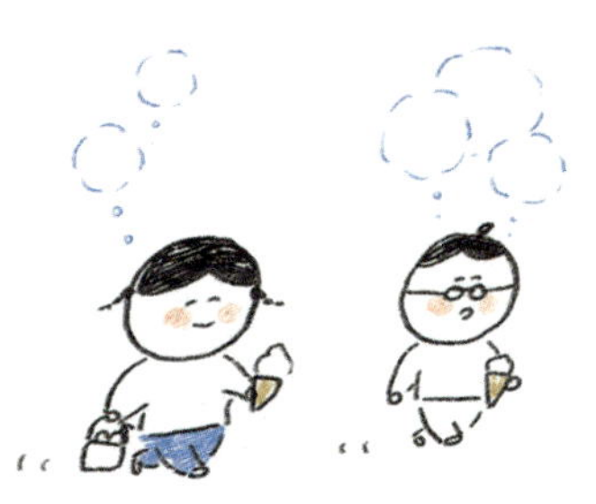

오랫동안 엄마와의 포근한

주말이 이어지면 좋겠다고

생각했다.

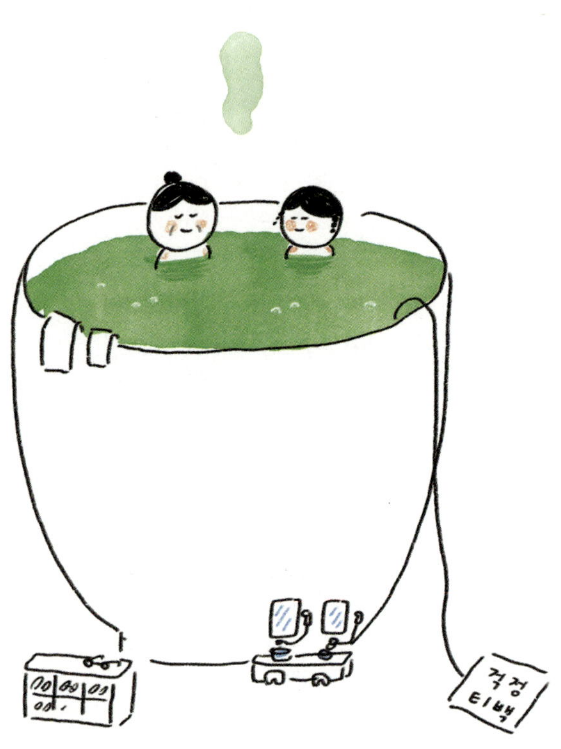

오이오이오이
걱정타래

주말이면 엄마와 동네목욕탕에 간다.
바쁘다는 핑계로, 친구들을 만난다는 이유로
미루게 되던 엄마와의 목욕 시간이
서른이 지난 지금은 조금 특별하게 느껴진다.
어쩌면 이렇게 함께할 시간이
그리 많이 남지 않았다고 느껴지는 것일 수도 있겠다.

어릴 때는 한없이 무한할 것 같던
엄마와의 시간이 이제는 조급해진다.
이왕이면 더 많이, 더 행복한 시간을 함께 나누고 싶다.

엄마는 어릴 때부터 목욕을 참 좋아했다.
따라다닐 때는 그 의미를 몰랐지만 이제는 알 것도 같다.
엄마의 편안한 뒷모습을 보며 나의 미래를 그려본다.

마음이 찌뿌둥할 때는
뜨거운 김이 폴폴 나는 물에 마음을 우려낸다.
가만히 몸이 풀어지는 감각에 집중하다 보면
어느새 마음도 풀어진다.

눈을 감고 있으면 우리가 마치
커다란 찻잔에 들어앉아 서서히 우러나는
티백을 닮았다고 생각한다.

#4

인사하다

- 마주한 작은 행복

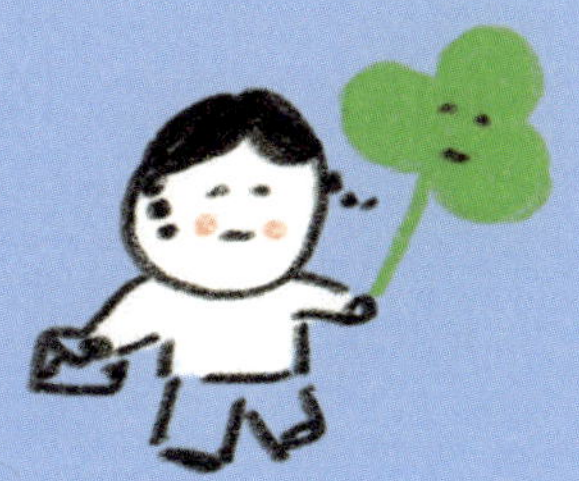

  몰래 온 손님

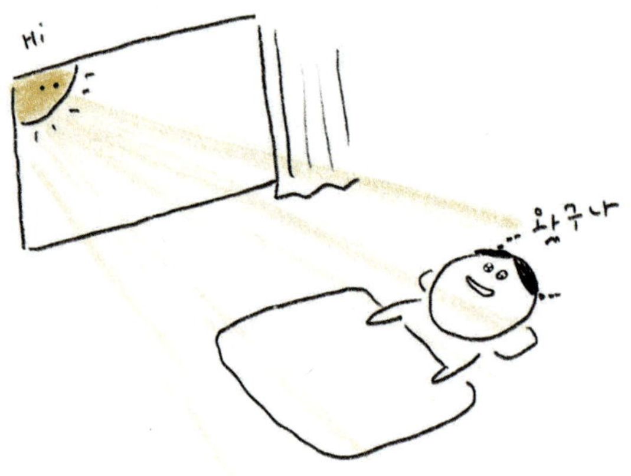

아침에 일어났는데 방안이 밝았다.

며칠 동안 꽁꽁 숨었던 햇살이 놀러왔기 때문!

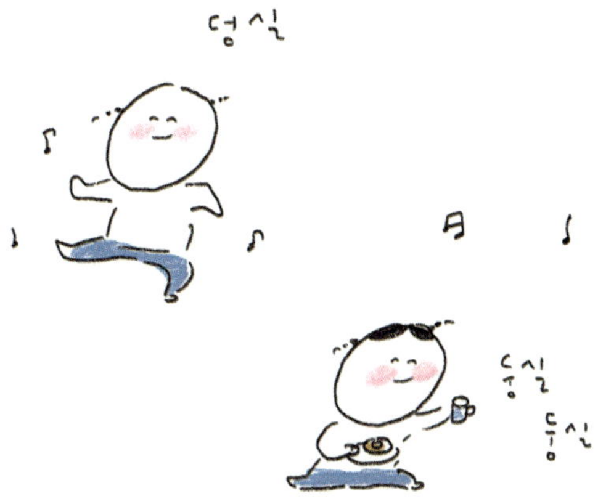

그래서인지 아침부터
요상하게 기분이 좋았다.

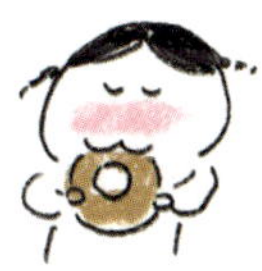

오늘따라 베이글이
아주 맛있었당(원래 맛있음).

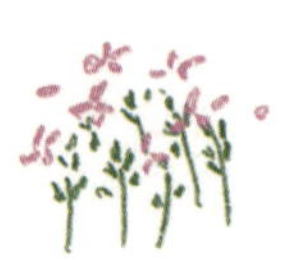
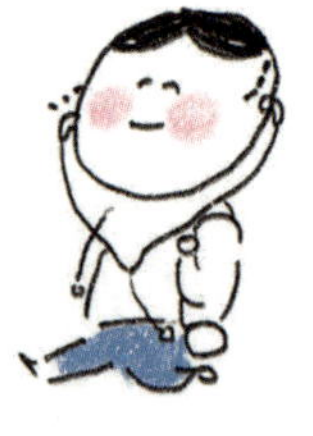
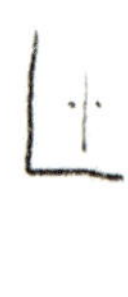

산책이 마려워서 밖으로 나갔다.

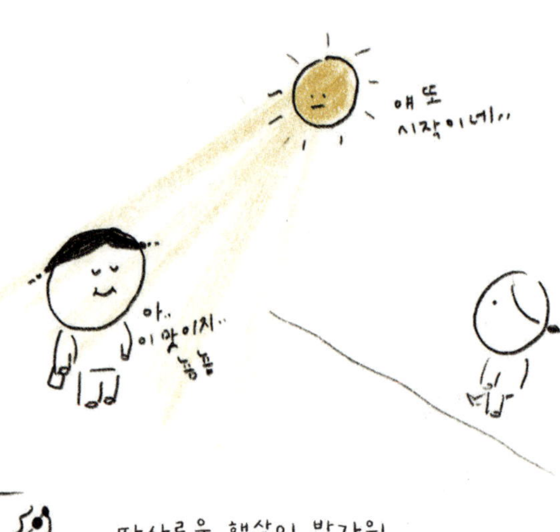

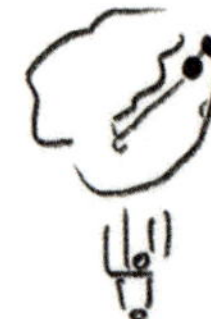

따사로운 햇살이 반가워

길을 걷다 종종 멈춰 햇살 충전을 했다.

많이 의심스러워 보였겠다..

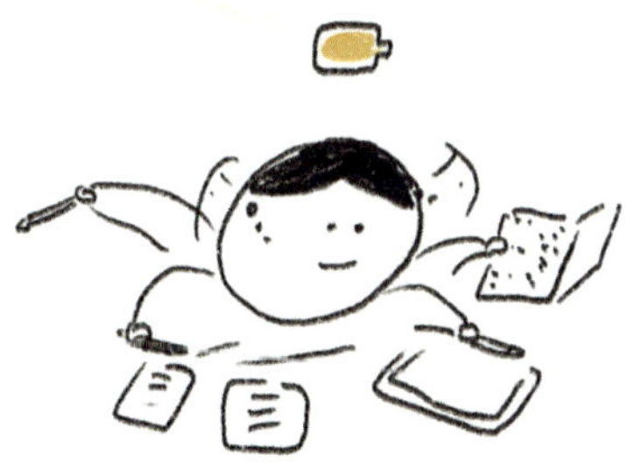

햇살이 잔뜩 채워져서 그런가
내내 잡히지 않던 작업을
간만에 신나게 했다.
영감을 들고 온 햇살아 고마워!

 고양이 브런치 가게

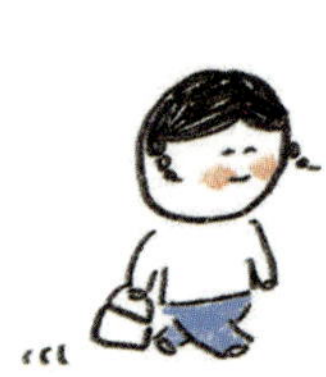

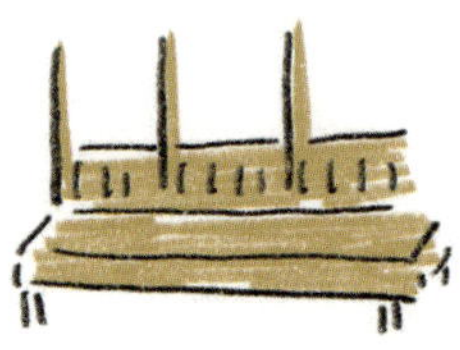

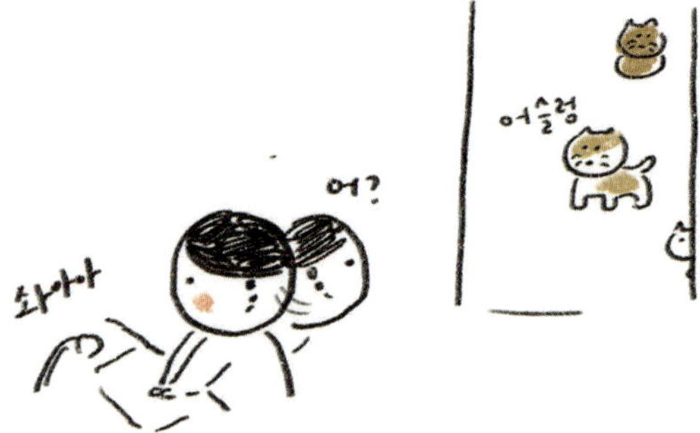

느릿느릿 오픈 준비를 하는데
배고픈 손님들이 어슬렁거린다.

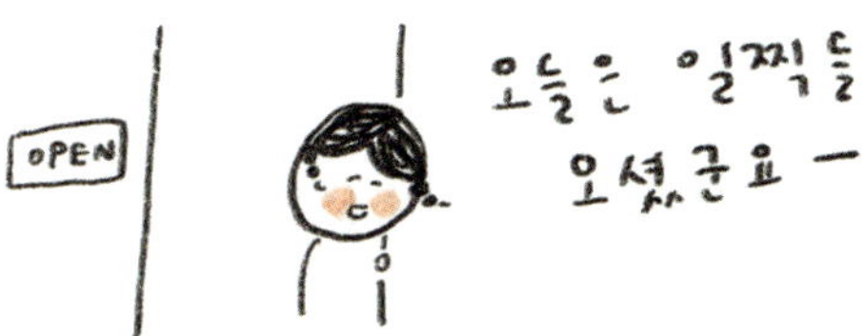

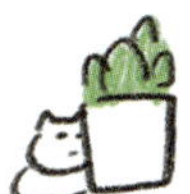

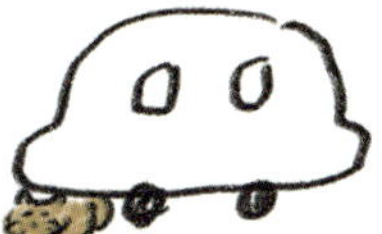

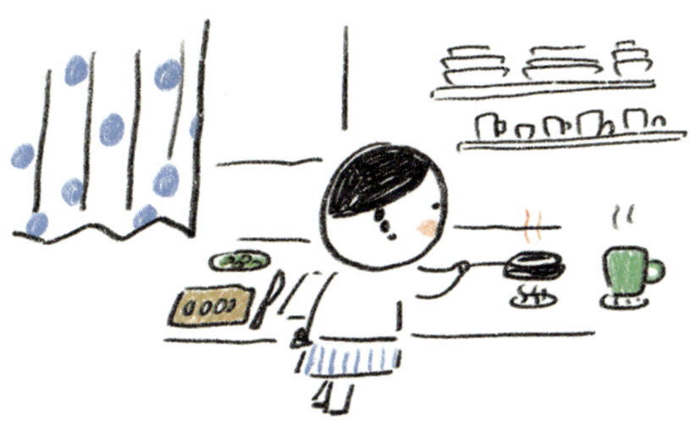

바지런히 식사 준비를 한다.

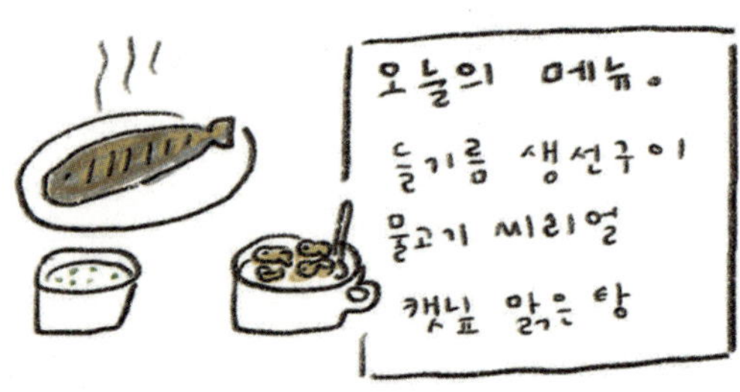

오래
기다리셨습니다_

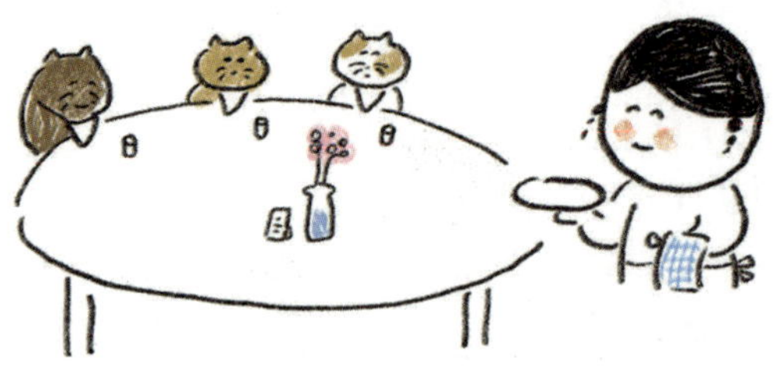

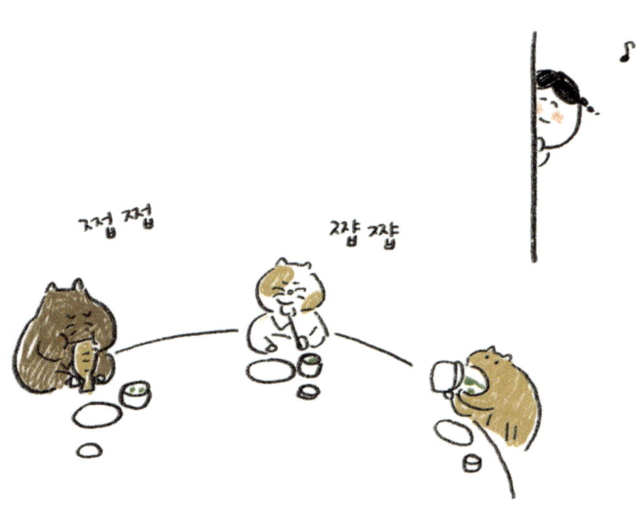

손님들은 오늘의 메뉴가 마음에 드는지
허겁지겁 대화를 나눌 새 없이 식사를 했다.
어쩐지 뿌듯한 마음

아침 손님이 떠난 자리엔
어디서 붙어왔는지 모를
찐꼬만 행복이 떨어져 있었다.

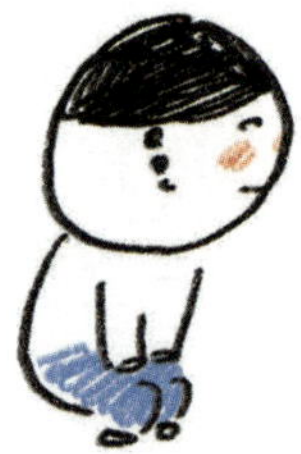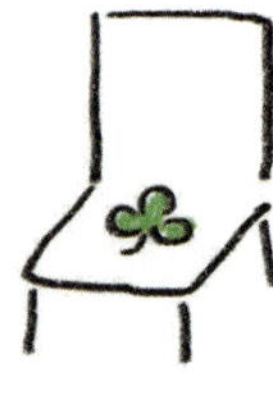

느지막이 작업실에 출근하면
어디선가 어슬렁어슬렁 동네 길고양이들이 나타났다.
이웃 책방 사장님이 챙겨주는 고양이 밥을
나도 자유롭게 주곤 했는데,
이날은 마침 선물 받은
고양이 과자가 있어 함께 주었다.
그랬더니 이 녀석들 침까지 흘리면서
허겁지겁 먹는 모습이 짠하면서도 귀여웠다.

그 모습을 가만히 바라보고 있자니
문득 내가 브런치 가게 주인이 된 듯한 기분이 들었다.
맛있게 먹고는 빠~히 나를 쳐다보는 것이
마치 아침 인사를 건네는 것만 같아
하루가 든든했던 기억이 있다.

그렇게 고양이들이 떠난 빈자리에는
작은 행복감이 남아 있었고,
나는 일상을 보내다 문득문득 그 뒷모습을 떠올리며
피식 웃었던 기억이 있다.
귀여운 녀석들!

 와르르 여행가방

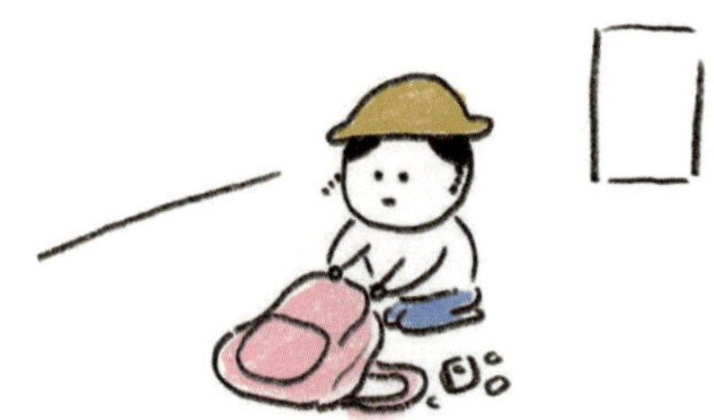

여행에서 돌아와 가방을 열면,

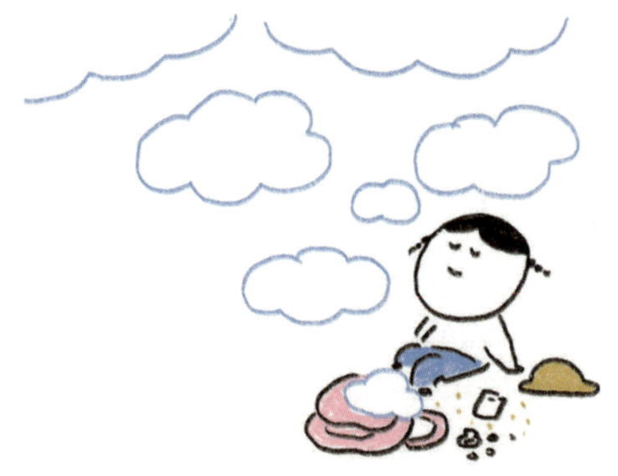

추억들이 몽글몽글 새어나온다.

이내 방안을 가득 채우는 행복한 기분

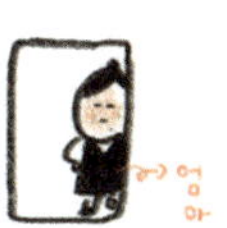

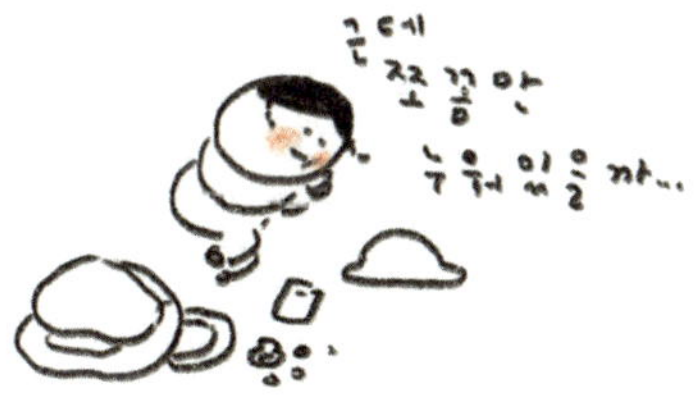

귀찮아서 그러는 것 아님..

 빗속을 걸어요

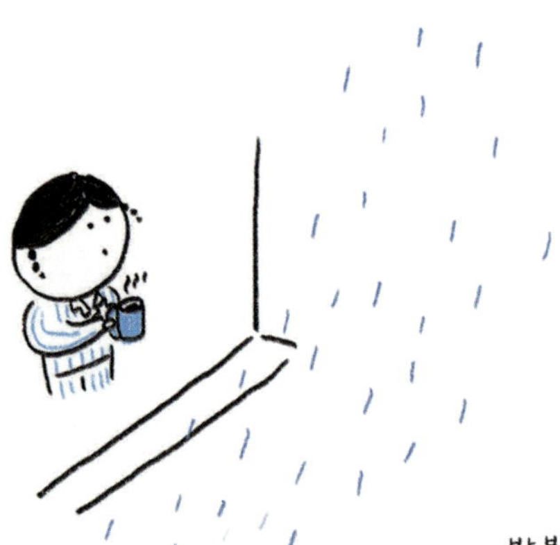

밤부터 시작된 비

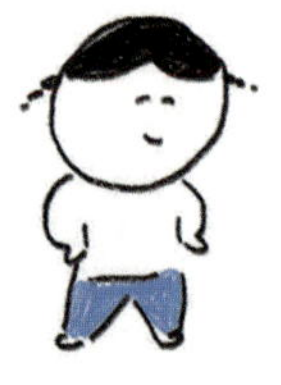

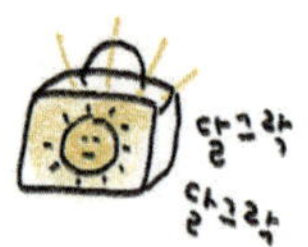

이럴 줄 알구 어제 가득 햇살을
채집해두었지!!!

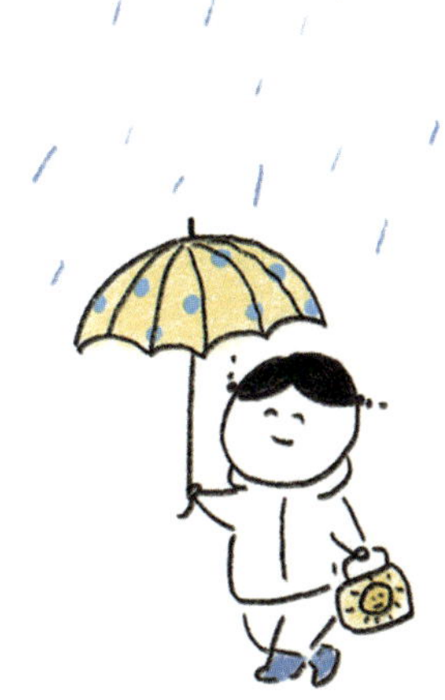

비가 와도 젖지 않아~
한 손엔 우산, 한 손엔 따뜻함을 들고
산책길에 오른다.

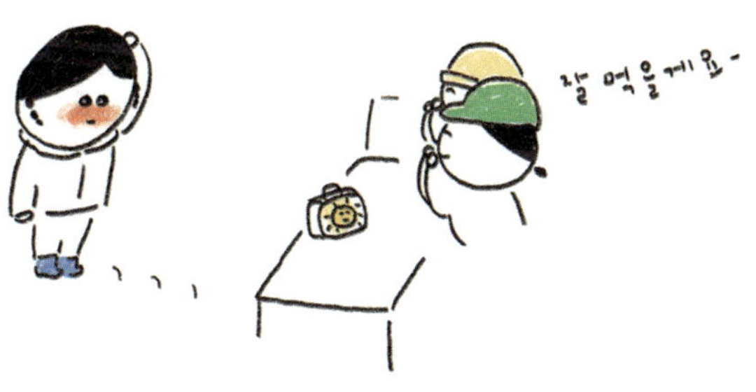

동네 이웃들과도 따뜻함을 조금 나누고

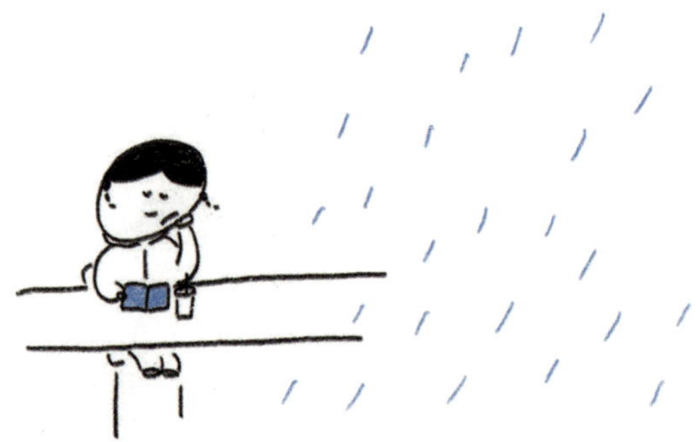

시원하게 쏟아지는 비와 빗소리에
집중하는 시간을 가져본다. 솨아아―

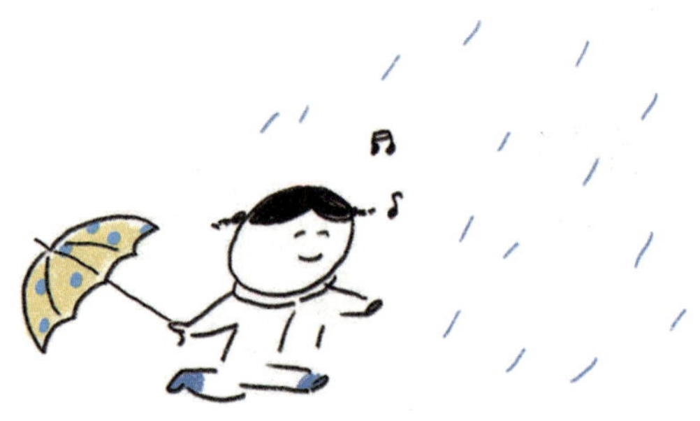

햇살이 없어도 기분 좋은 귀갓길~

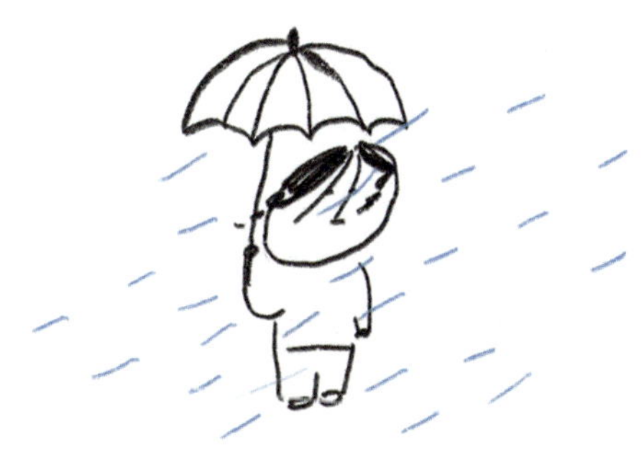

돌아오는 길에

왜 비가 가로본능으로

오는 건지? 바로 옆받았어~

인게 그쳐

  욤생 세 컷 〈보통의 일상〉

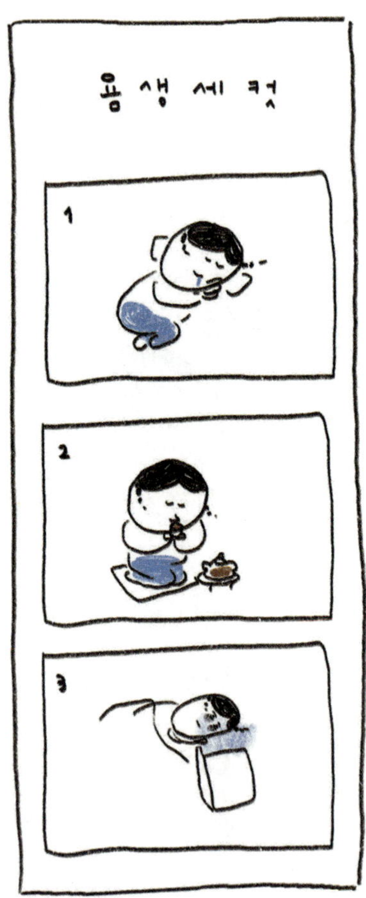

1 새벽형 인간.

AM 6:00

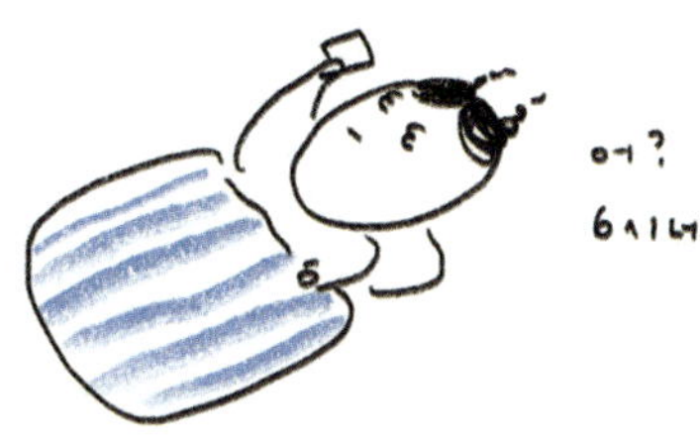

나는 새벽형 인간이다.

AM 8:00

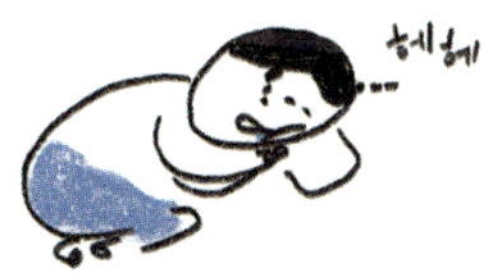

그런데 미라클모닝

그런 거 없고 딩굴 모닝....

2 고독한 팽주

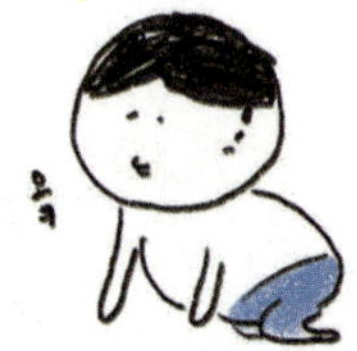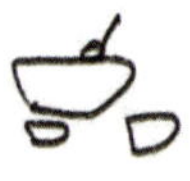

너무 많이 먹은 날..

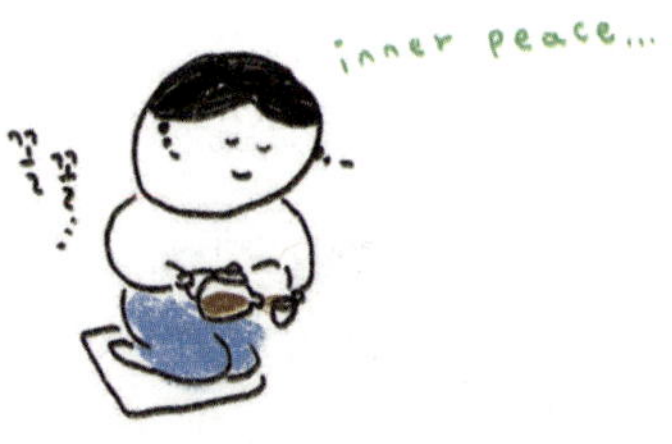

보이차를 마시면 어쩐지
살이 덜 찔 것만 같으니깐

196

새벽형 인간(2)

PM 9:00

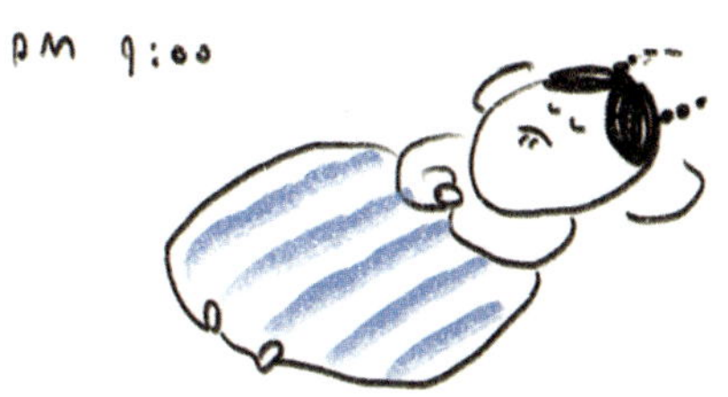

진짜 오늘은 완전 일찍 잘거다!!

AM 2:00...

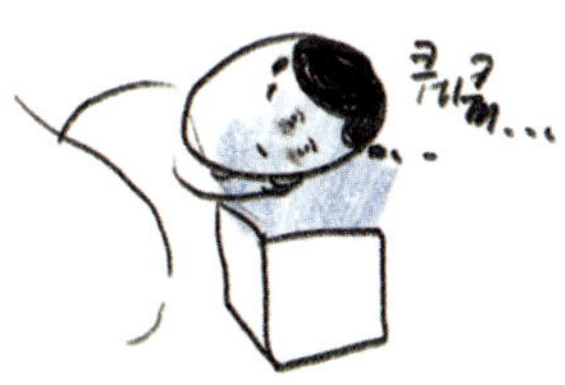

대체 왜 이러는 걸까요..

 아침 손님

pM 11:00

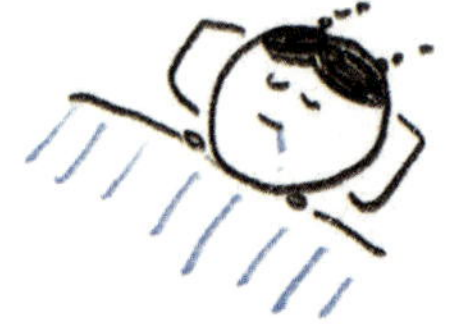

눈을 감는다.

AM 6:00

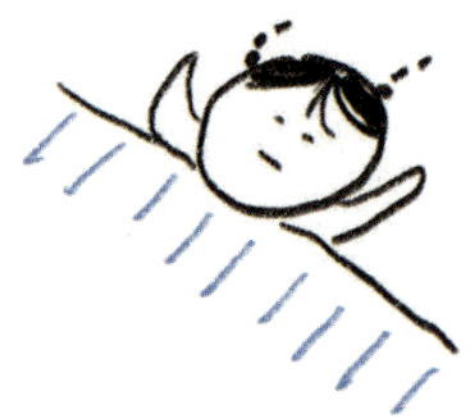

눈을 뜬다.

그리 싫지도 좋지도
않은 그런 기분.

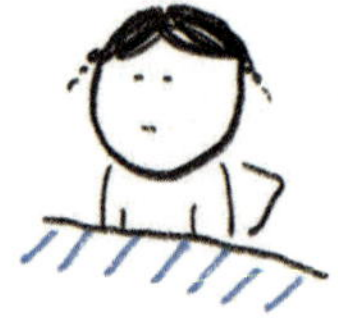

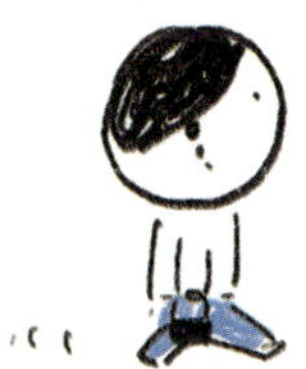

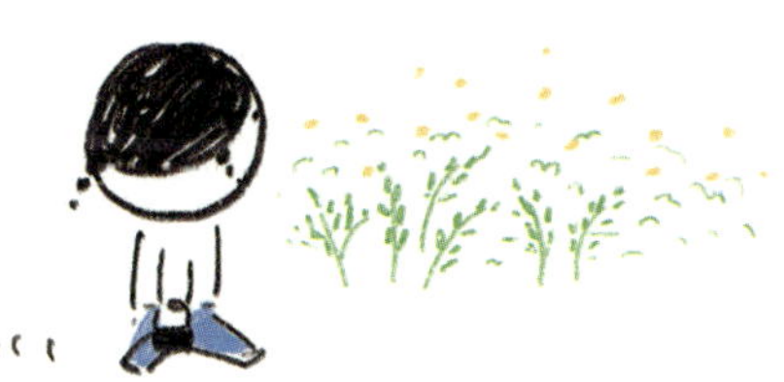

어느새 동네는 푸릇푸릇 좋아하는
색으로 물들었다.

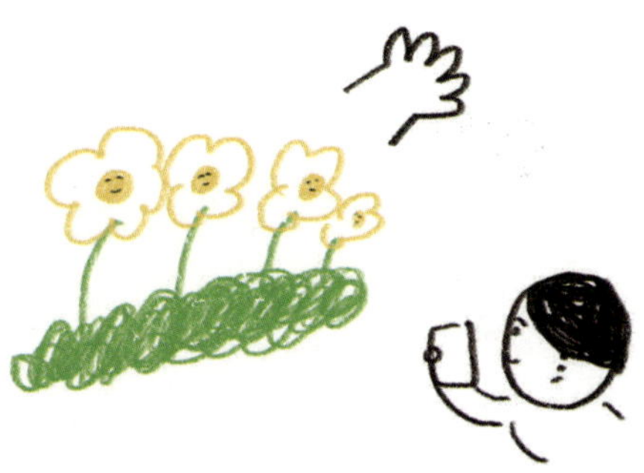

수선화가 유독 눈에 들어왔다.
살짝 굽어진 목이 마치 안녕! 하는 손 같아.

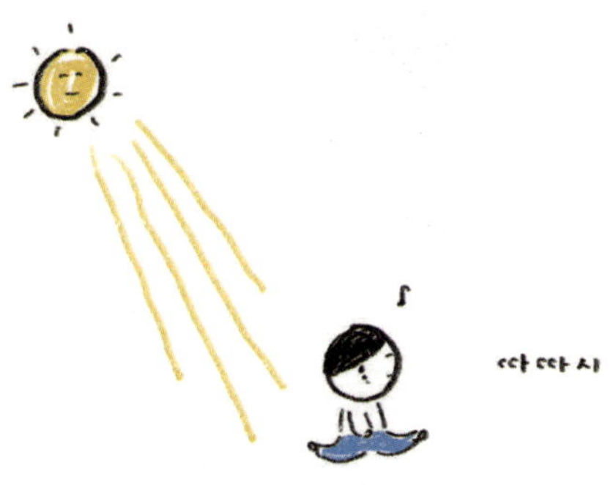

돌아가는 길은 샛노오란 햇살과 함께였다.

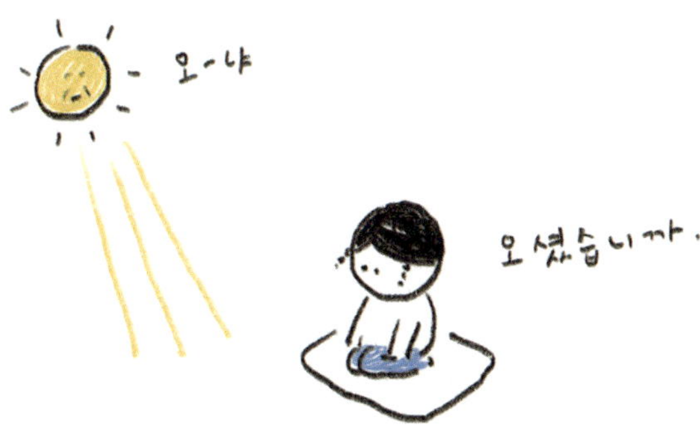

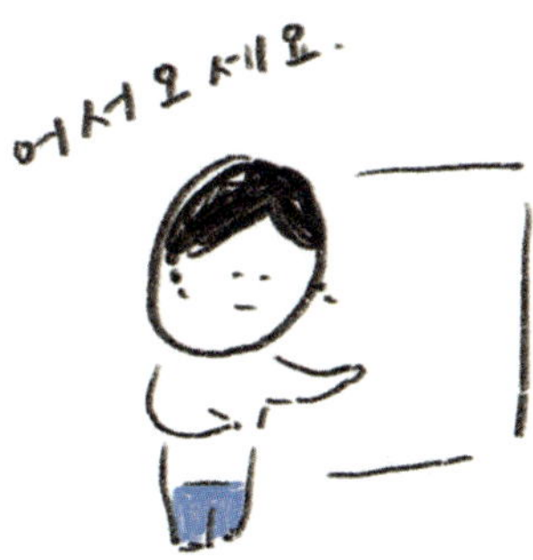

매일 어김없이
찾아오는 하루를 환대하자!
반가운 손님처럼

 레몬에이드 커피클럽

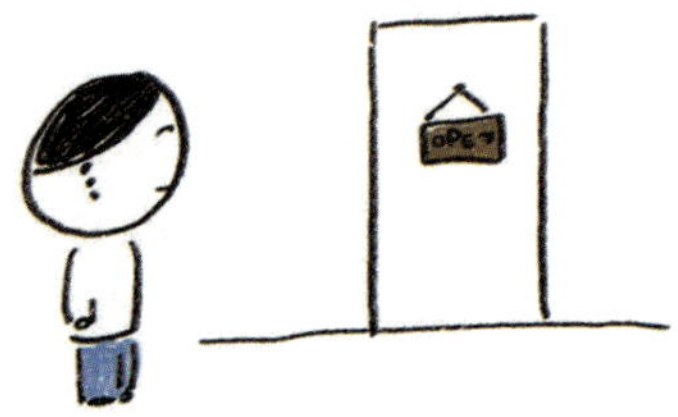

여유로운 주말 아침

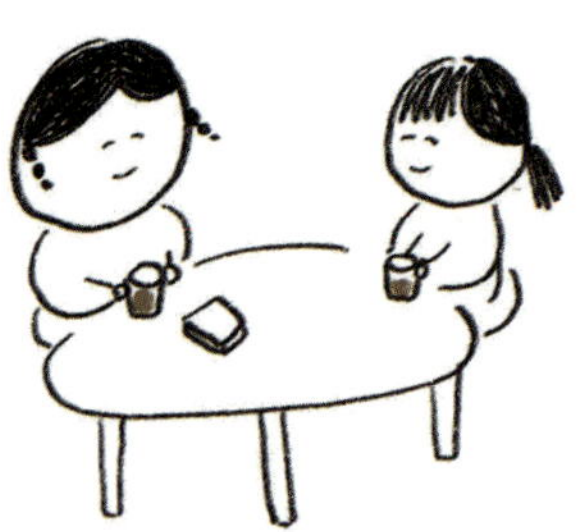

오랜만에 만난 친구와
이런저런 사는 이야기를 나눈다.

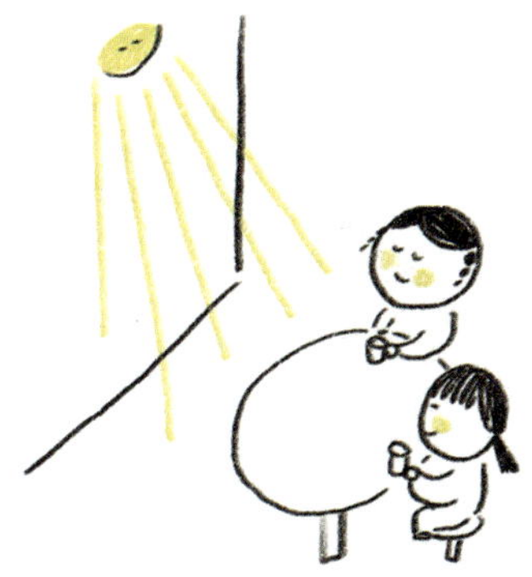

아침 8시 햇살이 짜—악 퍼지면
잠시 말이 없어진다.

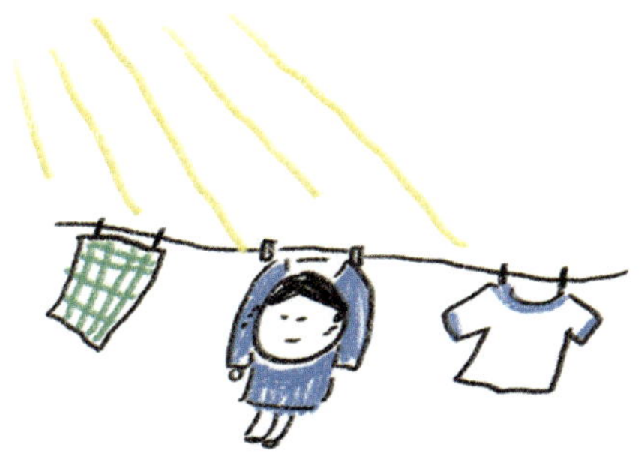

햇빛 아래 꼬독하게 말라가는
빨래가 된 것 같기도 하고!

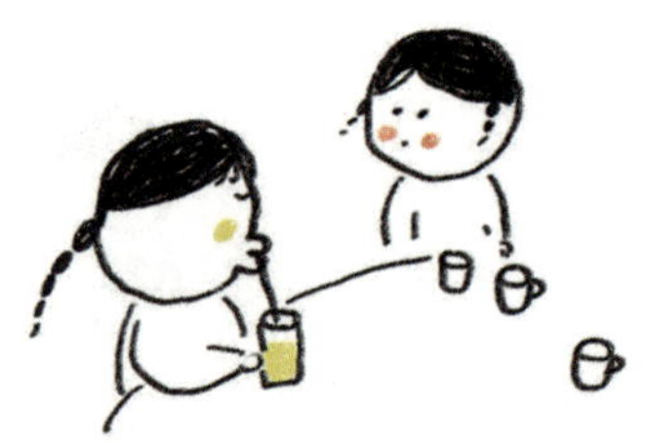

뒤늦게 온 친구는
커피 대신 레몬에이드를 시켰고,

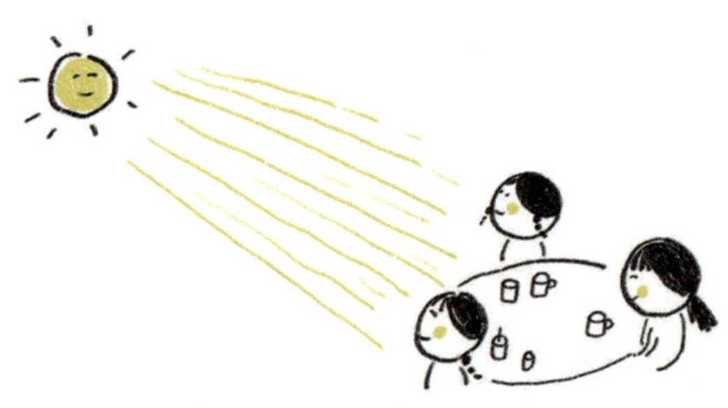

옹기종기 모여 앉아 햇살을 쬐는 모습이
꽤나 귀엽다고 생각했다.

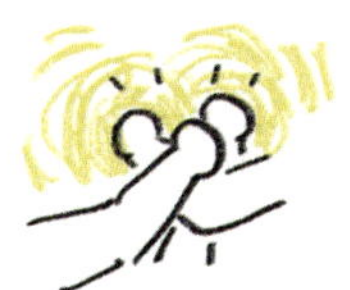

커피를 못 마시면
레몬에이드로 시작하는 아침!

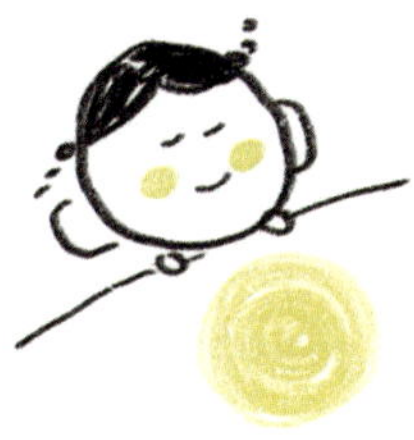

거창하지 않은 다짐이지만
잠들기 전 떠올려보니
마음에 햇살이 번졌다.
노오란 레몬을 닮은.

 아마도 평생 친구

머릿속 생각들은 제멋대로
뒤엉켜 있다가

선명한 하나의 생각이
될 때가 있다.

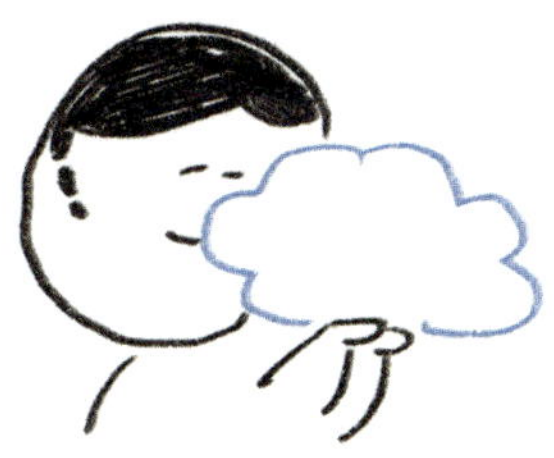

참 특별한 일이야.

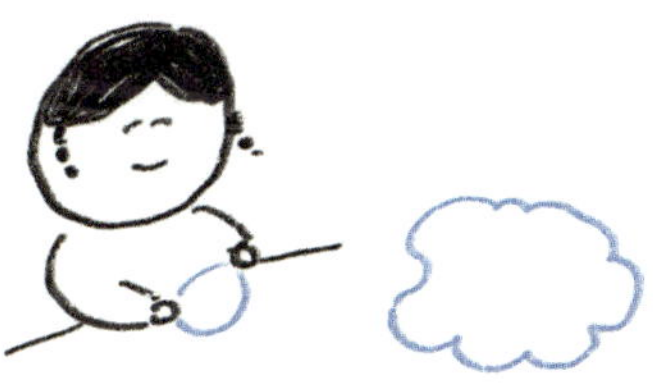

생각을 조금 떼어내
작은 무언가를 만들고

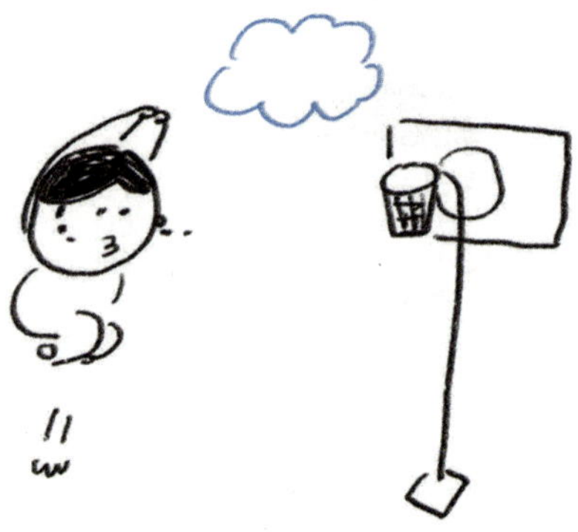

데리고 놀기도 한다.

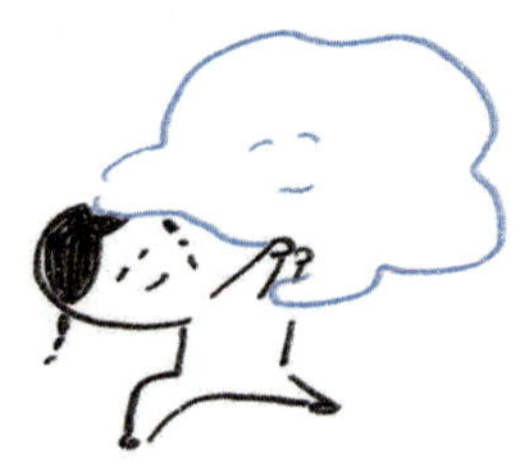

가끔 버거울 때도 있지만
그래도 제일 좋은 친구!

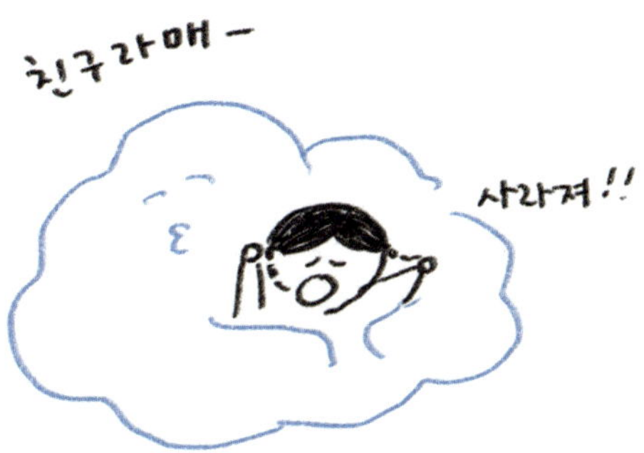

그러다 종종 생각에 꿀꺽
잡아먹히기도 한다.

 어쩌다 마주친 행복

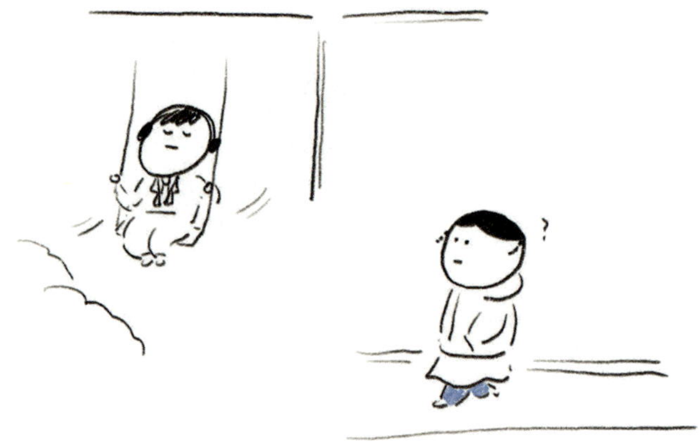

일본 여행 중, 아침 산책을 마치고 걷는데
정말 행복한 표정으로 그네를 타고 있는
남성을 보았다.

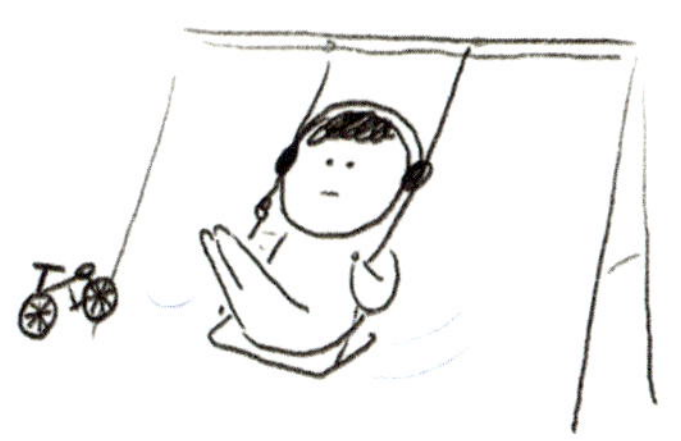
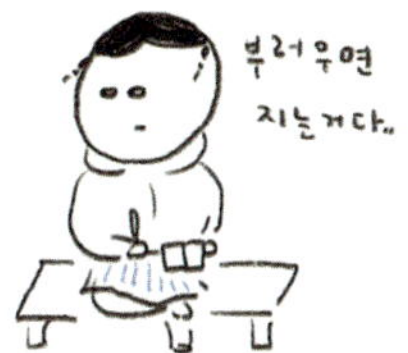

옷차림은 분명 직장인 같은데
출근 전 여유를 부리는 걸까?
옆으로 슬금슬금 다가갔다.

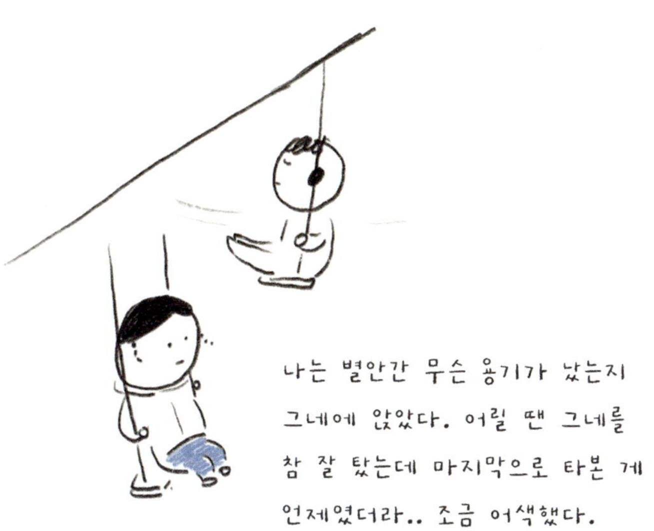

나는 별안간 무슨 용기가 났는지
그네에 앉았다. 어릴 땐 그네를
참 잘 탔는데 마지막으로 타본 게
언제였더라.. 조금 어색했다.

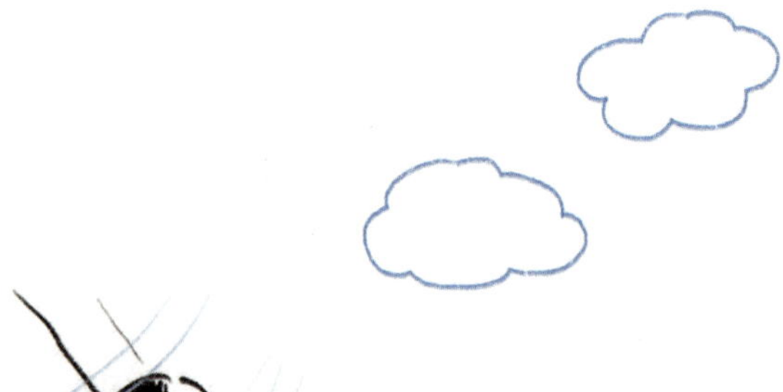

그네를 타보니 바람이 선선하게 스치고
하늘까지 닿을 것 같은 기분이 좋았다.
이 좋은 걸 왜 잊고 살았던 걸까?

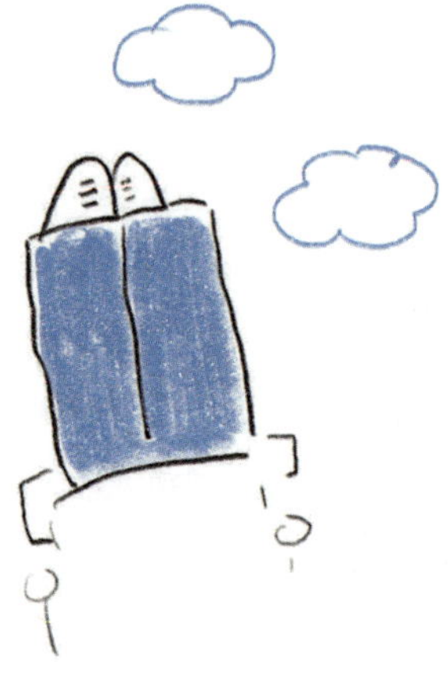

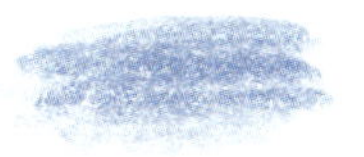
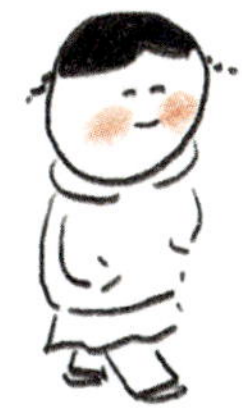

여행에선 잊고 있던 기억을
새삼 특별하게
마주하게 된다.

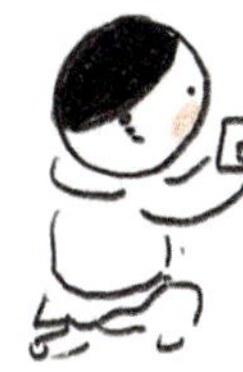
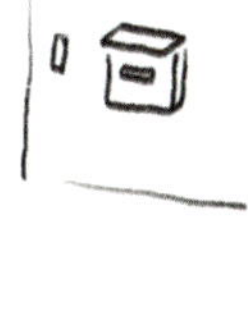

한결 가벼운 마음으로
동네를 산책했다.

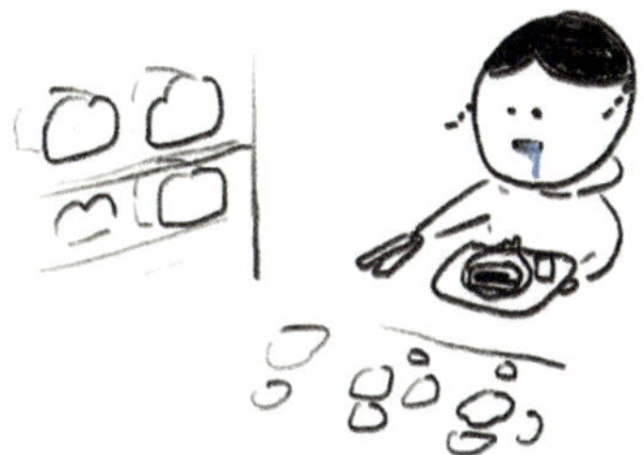

 준비된 생각이 소진되었습니다

끊임없이 생각이 이어질 때는
마치 재료소진으로 가게 문을 닫듯
머릿속 생각의 문도 닫히기를 바란다.

종일 무겁게 짓누르던 간판을 내리고,
눈꺼풀의 문을 닫고,
마지막 남은 생각까지 야무지게 처리하고
마지막 인사를 한다.

그러고는 아주 달콤하고
깊은 휴식에 빠져든다.

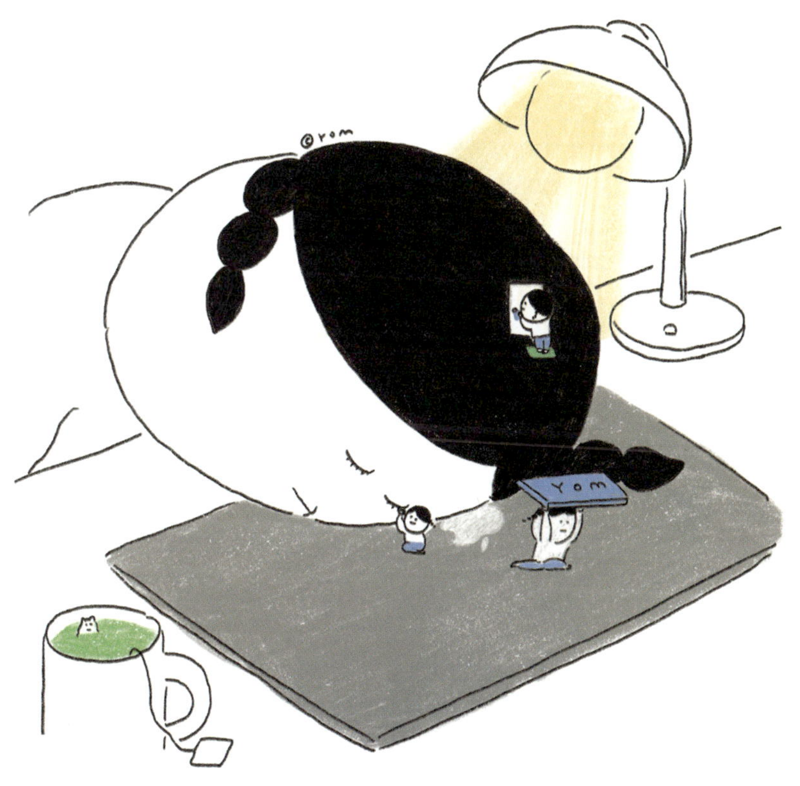
@rom
Yom

 줄 이어폰 운동본부

음악 듣는 것을 좋아한다.
길거리에서나 집에서나
어디든 음악과 함께한다.
장르도 가리지 않고 뭐든 잘 듣는다.

귀가 예민하지 않아서일까
나는 비싼 블루투스 이어폰이나 헤드셋보다는
가벼운 줄 이어폰이 좋다.

조금은 불편하고 투박한 카세트 테이프,
전자기기, 삐삐 같은 것들에
매력을 느껴 그런지도 모르겠다.
길에서 줄 이어폰 쓰는 사람을 만나면
왠지 마음이 뿌듯해진다.

저 사람도 혹시 나와 같은 마음일까?

세상이 아주 빠르고 편리해지더라도
느리고 투박한 것들이 외면받지 않는,
빠르면 빠른 대로 느리면 느린 대로
각자의 쓸모를 인정받는 시대가
이어졌으면 좋겠다고 생각했다.

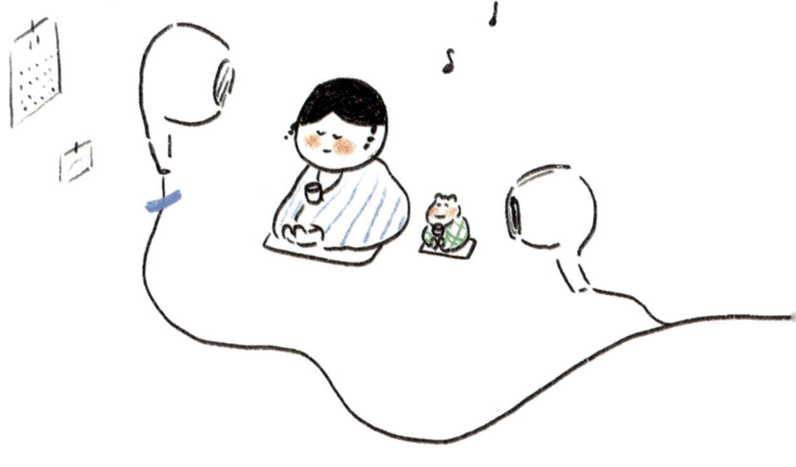

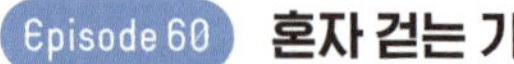 혼자 걷는 가을

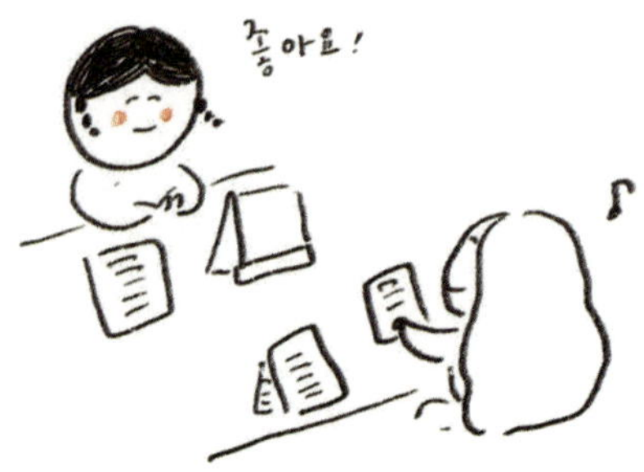

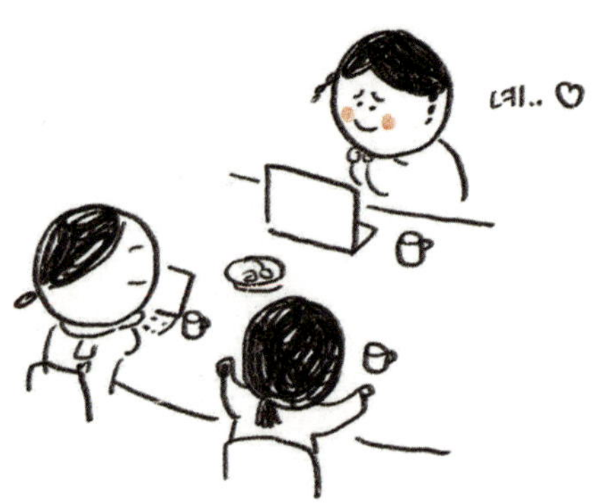

업무 미팅이었으나

새로운 얼굴들과 좋은 시간을…

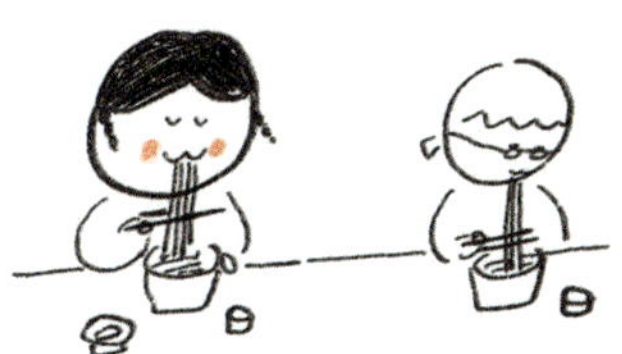

혼자서 밥을 먹고

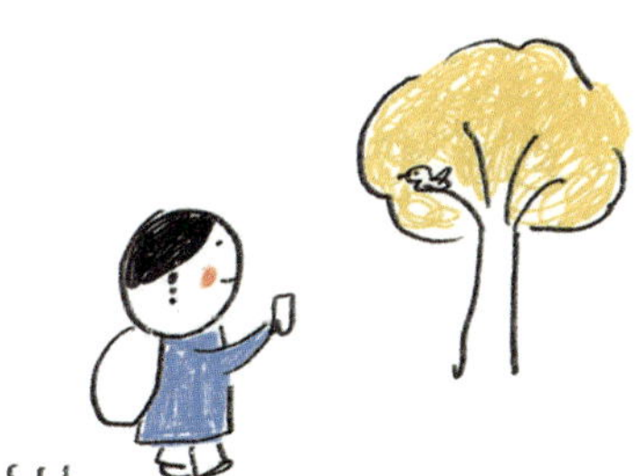

혼자 산책을 한다.
느릿느릿

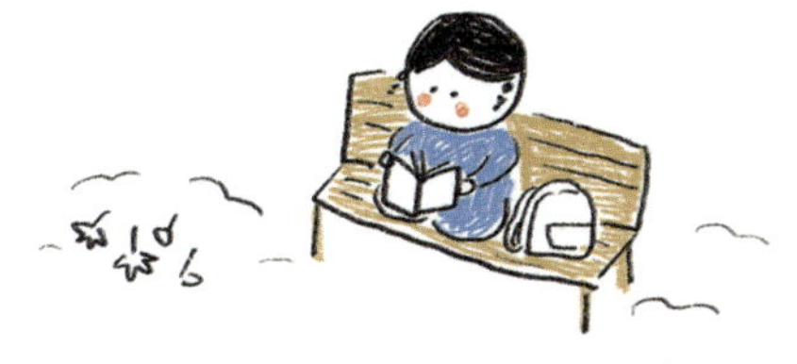

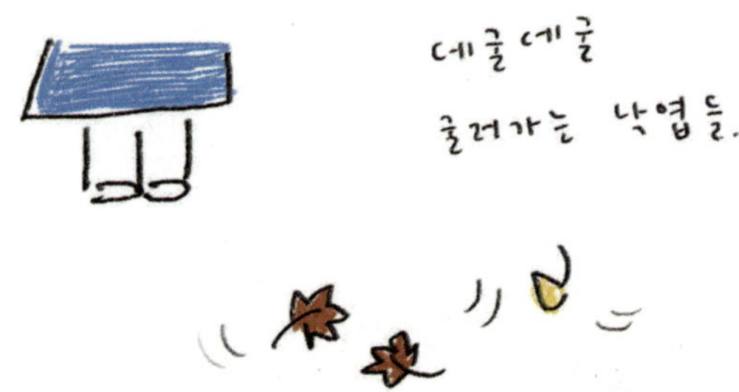

정처없이 돌아다니는 오늘의 나와
똑 닮아있다고 생각했다.

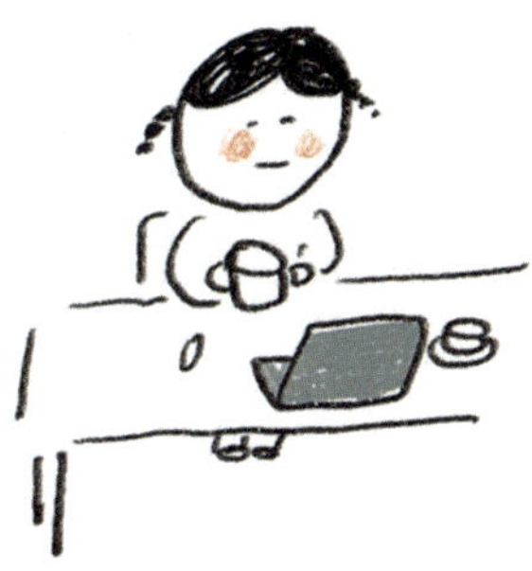

오랜만에 혼자 카페에 들러
생각을 고른다. 혼자여도 좋은 가을!

자유와 바다 〈부산여행 1편〉

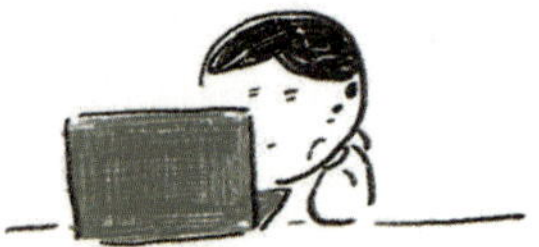

나른한 금요일 오후 3시

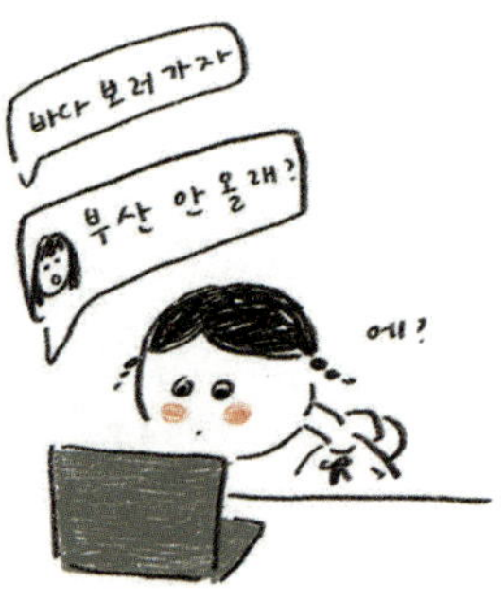

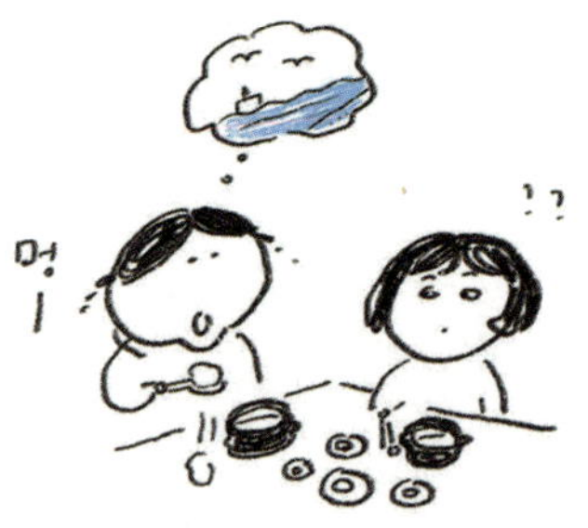

머릿속엔 온통
부산 생각뿐이었다.

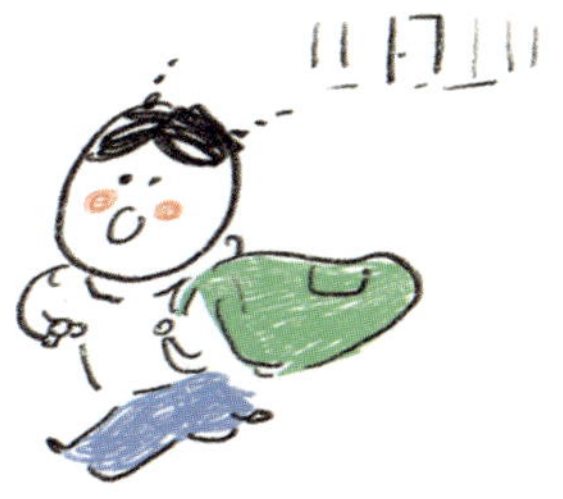

그렇게 갑자기 부산으로 퇴근을 하게 되었다.

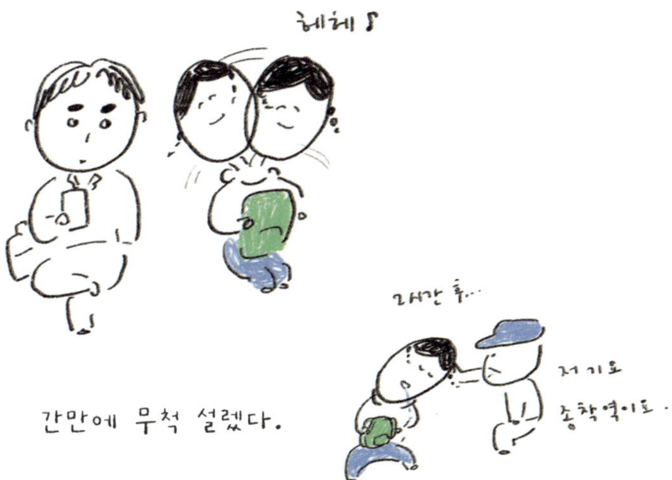

부산 지하철엔 갈매기 소리가 난다.
여행자의 마음은 뭐든 재밌고 신난다.

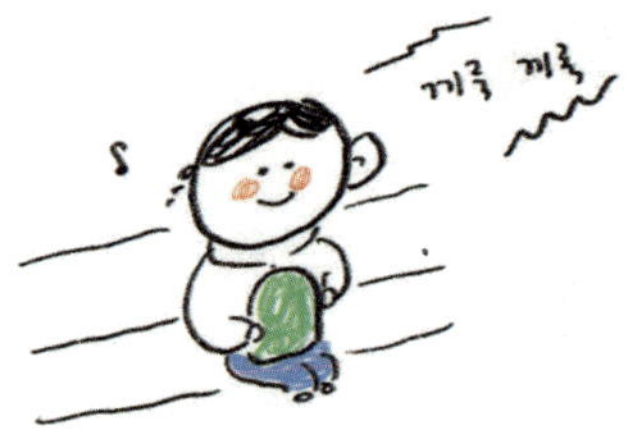

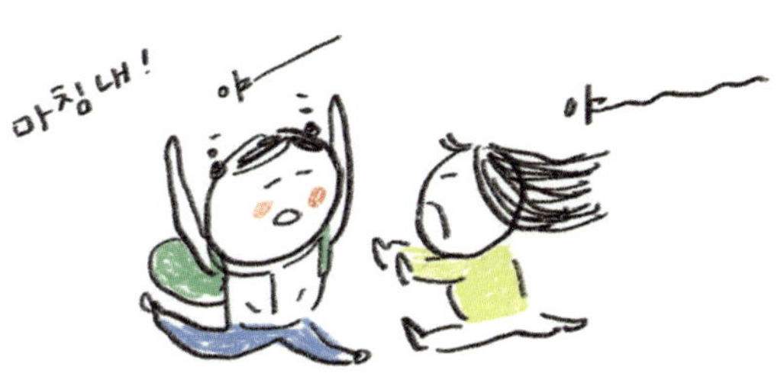

반가운 얼굴을 마주하니
마음에 파도가 쳤다. 철썩철썩

자유와 바다 〈부산여행 2편〉

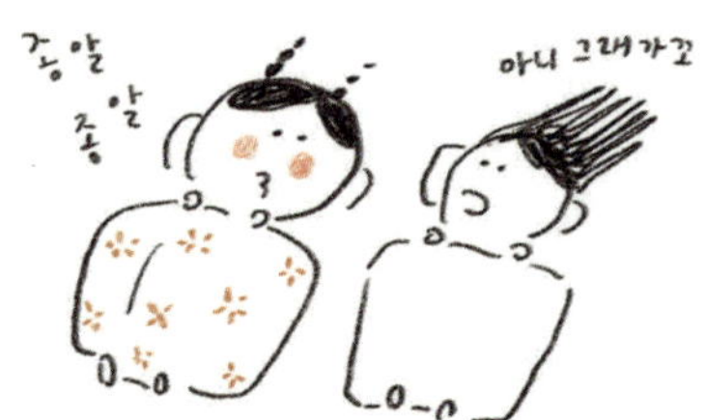

밤새 시간가는 줄
모르게 떠들다

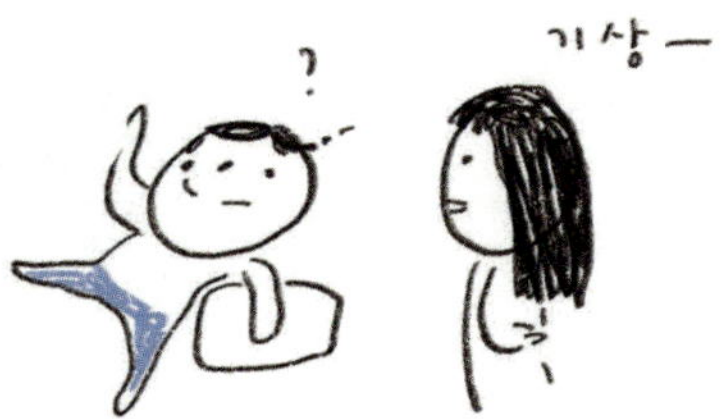

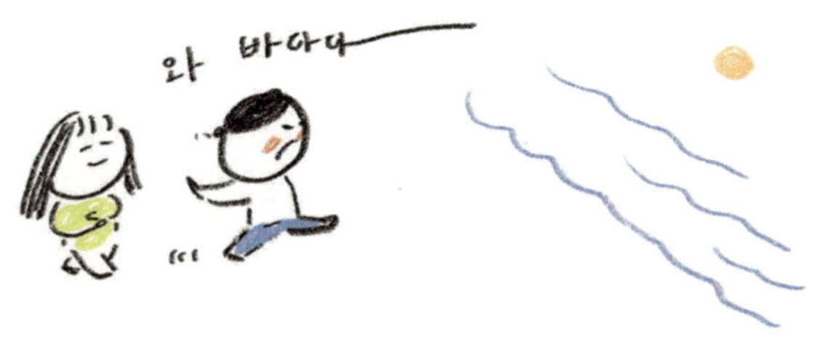

친구는 곧장 바다로 데려갔다.

바다를 유영하는 갈매기도 보고

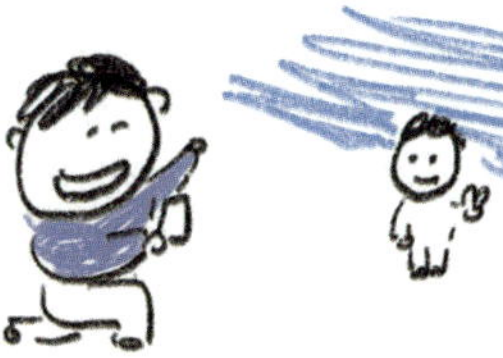

행복한 시간을 보내는
부자도 보았다.

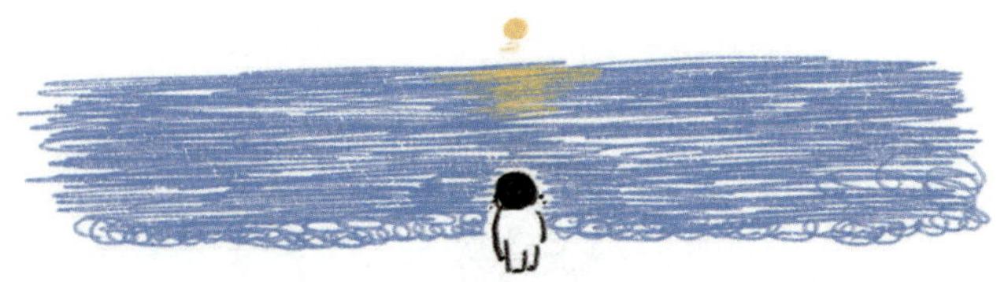

드넓은 모래사장,
커다란 바다, 철썩이는 파도,
언제 와도 시원하고 넓은 품

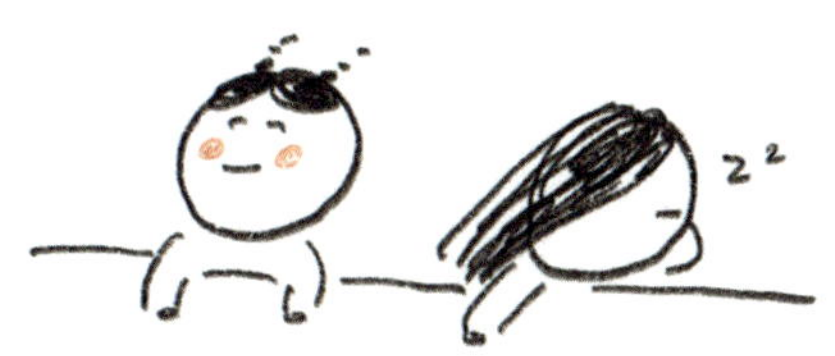

떠나기 전날 밤,
마음을 짓누르던 생각의 돌멩이들이
모래알갱이처럼 잘게 부서졌다고 생각했다.
언제와도 자유로운 바다.
언제든 포근한 친구의 품.

쬐꼬만 행복 세 컷 〈일상 편〉

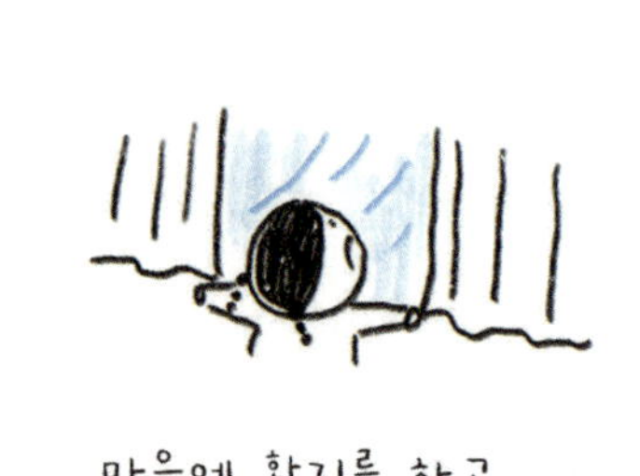

마음에 환기를 하고

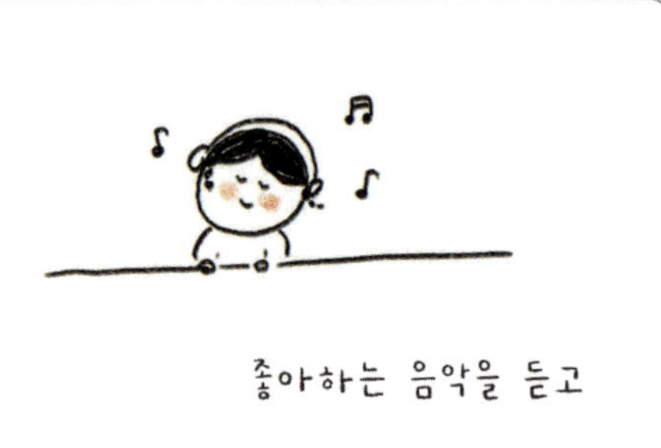

좋아하는 음악을 듣고

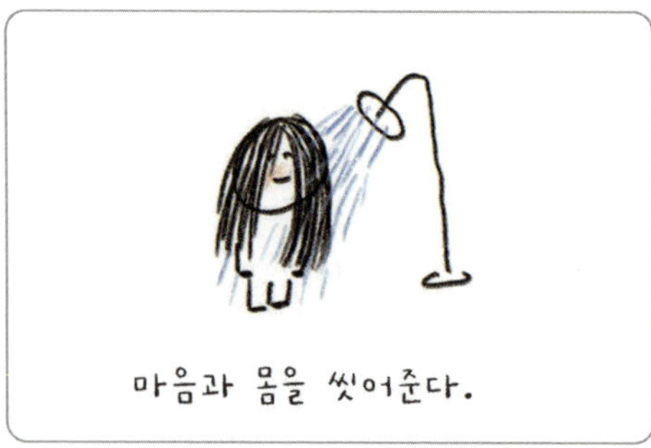

마음과 몸을 씻어준다.

아침에 일어나 제일 먼저 커튼을 젖히고
창문을 활짝 연다.
밤사이 잠들어 있던 몸과 마음에도
바람이 통하도록—
시원한 바람이 통하면 마음도 개운해진다.
하루를 살아낼 용기가 차오른다.

좋아하는 노래를 들으면 순식간에 기분이 좋아진다.
마치 재생버튼을 꾹 누르듯 마음도 순식간에 변한다.
음악에는 그런 힘이 있다.
좋아하는 노래를 부지런히 수집하고 챙겨 듣는다.
가장 쉽고도 확실한 행복.

부지런히 물을 틀고,
마음과 몸에 쌓인 걱정과 고민, 생각들을
시원한 물줄기에 흘려보낸다.
눈을 감고 물소리에 집중하다 보면
어느새 차분해지는 마음.

이 작은 행복들은 정말 별것 아니지만
하나둘 잊고 살다 보면 서서히 티가 난다.
아무도 모르게 나의 일상을 지탱해주는 작은 행복들

당신의 일상 속 작은 행복은 무엇인가요?

 행복 와르르 편지

나무 향이 나는 연필을 돌돌 깎아
보고 싶은 얼굴을 떠올리며
예쁜 단어를 머릿속에 동동 띄운다.
그중 어울리는 단어를 골라
한 자 한 자 꾹꾹 눌러 마음을 담아본다.

보고 싶은 마음, 궁금한 마음,
사랑한다는 말을 차곡차곡 쌓아
종이봉투에 넣는다.

봉투를 펼치면 그 안에는
작은 행복 조각들이
와르르

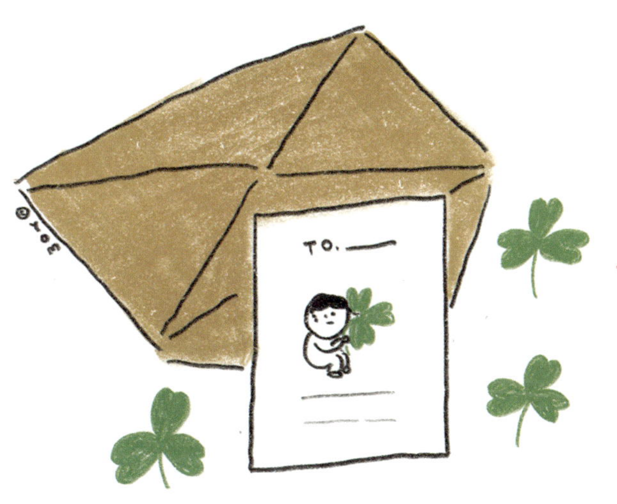

TO.

 무화과를 닮은 사람

무화과는 발그레하게 붉어지는 볼을 닮았다.

짙은 색이 이리저리 뒤섞인 겉모습을 반으로 가르면
속은 연한 핑크빛에 안으로 갈수록
서서히 물들어 있는 모습을 하고 있다.
자극적이지 않지만
서서히 마음속에 스며드는 달콤한 맛.

어쩌면 무화과 같은 사람으로
살고 싶다는 생각이 든다.

서서히 스며드는 마음으로

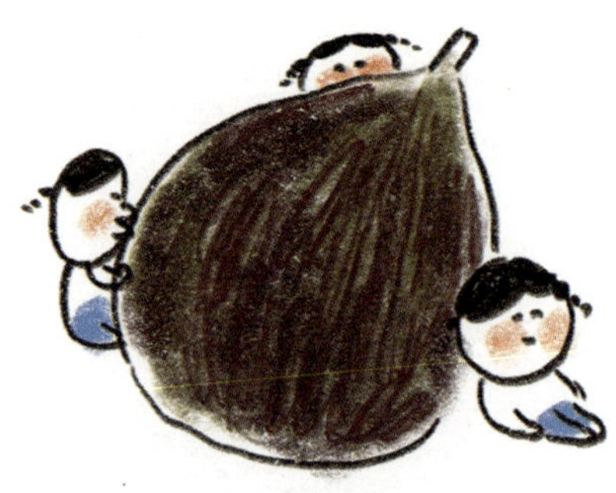

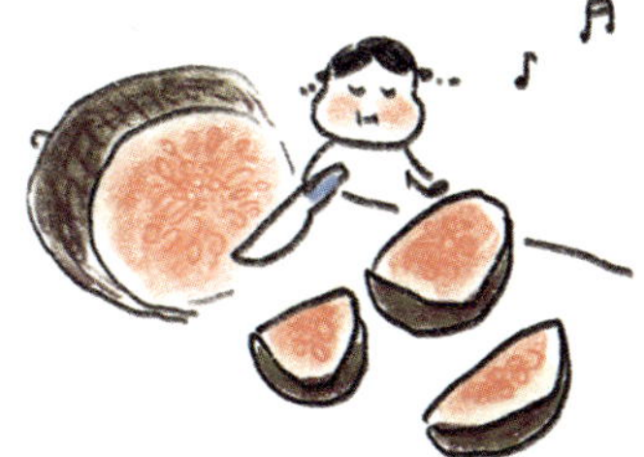

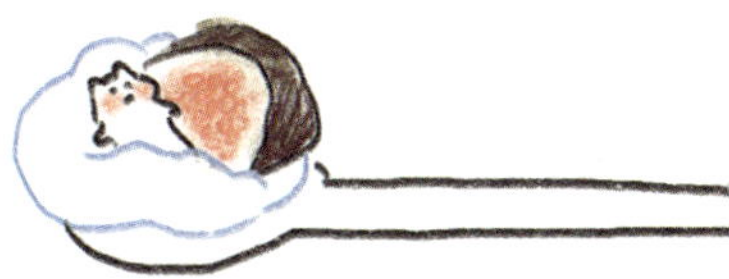

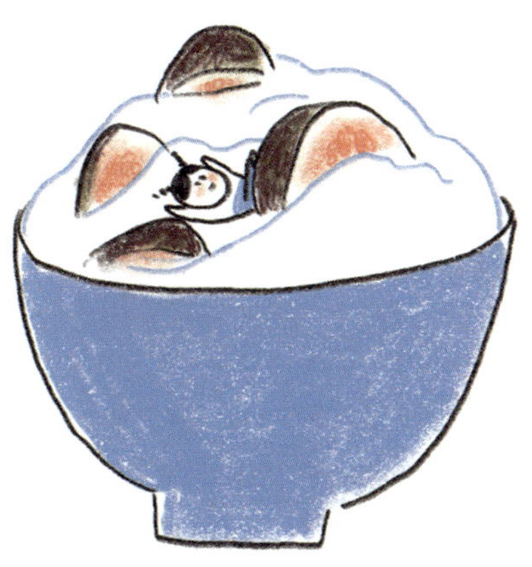

에필로그

저의 쬐꼬만 행복들을 잘 보셨나요?

공감되는 일상도, 때로는 어이없어 헛웃음을 짓게 되는 내용도 있었겠죠. 그래도 지금 이 에필로그를 읽고 있는 마음이 조금은 가벼워졌기를 바랍니다.

책을 준비하면서 계속 떠올렸던 장면이 있습니다. 쓸쓸하고, 어두운 길을 걷고 있는 누군가가 가방에서 작은 책을 꺼내 아무 페이지나 펼치는 겁니다. 피식― 너무 무거운 생각들에 갇혀 있을 때는 피식 웃기조차 버겁잖아요. 이 쬐꼬만 책이 누군가의 숨구멍이 되었으면 하는 마음으로 그림을 그리고 글을 썼습니다. 어떤 페이지를 펼쳐도 무겁지 않고 가벼운, 단어가 많고 배움과 깨달음을 주는 그런 책이 아닌 마음에 살포시 내려앉는 세잎클로버 같은 책. 그런 친구 같은 책이 되었으면 좋겠다고 생각합니다.

힘든 시절도, 좋은 시절도 있지만 결국 모든 시절의 행복은 제가 만들어내기 나름이라는 결론에 닿아 있는데요. 저는 벌써 이만큼 앞서 있다고 생각하지만 사실은 반의 반도 못 온 거라는 생각도 합니다. 그러니 어떤 행복이 숨어있을지 몰라 설레는 인생 산책길을 느릿느릿 천천히 함께 걸어보았으면 합니다.

매일이 행복하길!